Jochen Schimmang

Grenzen Ränder Niemandsländer

51 Geländegänge

Edition Nautilus

Für Lutz Schulenburg
(1953–2013)

Edition Nautilus
Verlag Lutz Schulenburg
Schützenstraße 49 a
D-22761 Hamburg
www.edition-nautilus.de

Originalveröffentlichung
Erstausgabe August 2014
Umschlaggestaltung:
Maja Bechert, Hamburg
www.majabechert.de
Druck und Bindung:
Freiburger
Graphische Betriebe
1. Auflage
Print ISBN:
978-3-89401-798-9
E-Book ePub ISBN:
978-3-86438-164-5

Platz des Schriftstellers: der Rand? Deren gibt es viele: Am Ende wird selbst der Anspruch auf Marginalität anmaßend. Ich ziehe ihm das Bild des Zwischenraums vor. Schriftsteller = der Mensch des Zwischenraums.
Roland Barthes

The Germany can me furchtbar leckn.
Arno Schmidt

1

Noch immer bin ich heilfroh, dass wir rechtzeitig weggezogen sind. Natürlich wäre ich ohnehin mit 18, 19 aus dem Haus gewesen und damit auch aus der Stadt. Aber vielleicht hätte ich ab und zu Besuche machen müssen, und plötzlich wäre ich in der neuen Mitte gelandet – dort, wo ich niemals hin wollte.

Meine Geburtsstadt lag bis 1989/90, bis zur sogenannten *Wende*, eher am Rand. Allerdings auch das nicht immer. Sie lag schon einmal mittendrin. Ihre große Zeit hatte sie so etwa ab 1933 gehabt, und diese große Zeit war ungefähr 1945 zu Ende gegangen. Dann entstand in der Nähe nach und nach eine immer undurchlässigere Grenze, und als ich geboren wurde und in ihr aufwuchs, lag meine Stadt schon eher am Rand. Wenn ich mich recht erinnere, schaffte sie es noch nicht ganz zum *Zonenrandgebiet*, womit ihr staatliche Fördermittel entgingen, aber sie lag unmittelbar davor. Für Leute, die nicht mehr wissen, woher der Name *Zonenrandgebiet* kommt, sei hier kurz erläutert, dass die DDR (von deren verblichener Existenz wird allerdings Kenntnis vorausgesetzt) damals auch gern *Ostzone* hieß oder *Sowjetisch besetzte Zone (SBZ)*. Alle Städte und Gemeinden, die nicht weiter als etwa 40 km von der *Zone* (und in Bayern auch von der Tschechoslowakei) entfernt lagen, waren *Zonenrandgebiet* und bekamen Kohle aus Bonn. (Bonn = Hauptstadt der alten Bundesrepublik vor der *Wende*.)

Jetzt ist Schluss mit dem Geschichtsunterricht für Nachgeborene. Kurz und gut, ich wuchs zumindest in einer grenznahen Region auf, wenn es sich auch nicht um eine Grenze zum Ausland handelte, eine Region jedoch, die seit 1990 plötzlich ziemlich in der Mitte unseres schönen Landes liegt. So wie Kassel, das nicht zu weit weg ist und ebenfalls zur *Neuen Mitte* gehört. Nicht, dass das diesen Städten und Regionen allzu sehr nützt. Im Gegenteil, die Zonenrandförderung fällt flach, und als das pulsierende kulturelle Zentrum unseres Gemeinwesens gelten Städte wie Kassel, Northeim oder Duderstadt auch nicht.

Wenn auch kulturell nicht unbedingt dabei, sind sie doch geografisch ziemlich mittendrin. Grenzerfahrungen lassen sich da nicht mehr machen, und was ein Randgebiet ist, muss man sich heute anhand anderer Regionen erklären. Insgesamt wird das immer schwieriger, und ich erwarte den Tag, an dem alle Grenzen und alle Ränder verschwunden sind und das Leben ganz und gar öde wird. Denn dann sitzen wir alle in ihr fest, in der Neuen Mitte, und schmoren darin wie in der Hölle.

2

Als wir durch den Stellenwechsel meines Vaters umzogen, kam ich erstmals in die Nähe einer richtigen Grenze, das heißt, einer Grenze zum Ausland. So toll gesichert wie die zur Ostzone war sie allerdings nicht und daher beim ersten Anblick für mich etwas enttäuschend. Es gab einen Schlagbaum, und man musste selbstverständlich seinen Personalausweis vorzeigen. Aber an so etwas wie Selbstschussanlagen, Wachtürme oder scharfe Munition dachte man nicht, wenn man den deutsch-holländischen Grenzübergang Neuschanz (damals traute sich noch kein Deutscher, den Namen Nieuwe Schans auszusprechen) passierte. Was doch häufiger geschah, damals, weil es in Neuschanz / Nieuwe Schans im Laden direkt an der Grenze Kaffee, Butter und andere Lebens- und Genussmittel billiger einzukaufen gab als auf deutschem Boden. Der Ort selbst interessierte eigentlich nicht. Entscheidend war die Grenze: der Unterschied: der Preis.

Auf diesen Expeditionen war ich damals immer in Begleitung meiner Eltern bzw. meines älteren Bruders. Mein erster Grenzübertritt ohne diese Begleitung scheiterte. Ich war mit einem Schulfreund bis an die Grenze getrampt. Der Fahrer des Wagens, der uns mitgenommen hatte, blieb aber auf der deutschen Seite (weil er dort wohnte), und wir mussten zu Fuß auf die andere Seite wechseln.

Zumindest versuchten wir es. Wir waren 13 oder 14, es war ein Werktag, und wir hatten dennoch schulfrei. Der Werktag war der 31. Oktober, in protestantischen Gebieten Deutschlands auch unter dem Namen Reformationstag bekannt (»Ein feste Burg ist unser Gott«) und damals in eben diesen Gebieten noch ein Feiertag. Das Wetter war schon im November angekommen. Die Deutschen ließen uns durch, aber an der wirklichen Grenze: am Schlagbaum: am Häuschen pflanzte sich ein ziemlich langer Holländer in einem fast ebenso langen schwarzen Uniformmantel und mit einer schwarzen Schirmmütze vor uns auf und fragte: »Warum seid ihr von zu Hause weggelaufen?«

Schulfrei, sagten wir. Reformationstag, sagten wir. Diese Holländer, vor allem hier oben im Norden, waren doch selbst evangelisch, die mussten das doch kennen. (Ich lernte erst später, dass der Katholizismus numerisch die stärkste Konfession in den Niederlanden ist.) Aber die kannten das nicht, jedenfalls nicht der lange Grenzer in dem fast genauso langen Mantel. Vielleicht lag es daran, habe ich später gedacht, dass die evangelischen Holländer überwiegend nicht von der lutherischen Fraktion sind, sondern von der Soll-und-Haben-Fraktion, den Calvinisten. Jedenfalls wiederholte der gute Mann bei all unseren Erklärungsversuchen immer wieder die Frage: »Warum seid ihr von zu Hause weggelaufen?« Wir hatten alles dabei, Personalausweise, ein bisschen Geld, wir wollten keineswegs illegal einreisen, und Drogen spielten damals im kleinen Grenzverkehr noch keine Rolle. Und wir konnten uns nicht vorstellen, dass dies zufällig der einzige deutsche Satz war, den er konnte. Diese Grenzholländer sprachen alle Deutsch, im Gegensatz zu den Grenzdeutschen, die kaum oder kein Wort Holländisch konnten.

Schließlich brachte er uns zu den deutschen Kollegen zurück und wies sie darauf hin, dass wir von zu Hause weggelaufen seien. Bei uns ist heute schulfrei, klärten ihn die deutschen Kollegen auf. Reformationstag. Ich erinnere mich an die Enttäuschung auf seinem Gesicht, aber ich weiß nicht mehr, ob wir dann doch über die Grenze durften oder nicht, oder ob wir über die Grenze zwar gedurft hätten, nun aber nicht mehr wollten, weil wir die Nase voll hatten. Das wäre ja verständlich gewesen.

3

Misslungener Grenzübertritt hin oder her: Jedenfalls war ich durch diesen Umzug wirklich schön nah an der Grenze gelandet, am Rand. Der Rand ist schließlich nicht nur der Rand des fremden, des angrenzenden Landes, es ist auch schon der Rand des eigenen. Man stand plötzlich ein bisschen mit dem Rücken zum Rest der Republik, und gewisse Orte jenseits der Grenze waren jetzt interessanter als das, was in meinem Rücken lag. Groningen zum Beispiel war irgendwie interessanter als Oldenburg, und Amsterdam ist sowieso interessanter als Hannover, das versteht sich von selbst.

Rheiderland / Reiderland

Anfangs aber war das eigene neue Territorium noch merkwürdiger als der Blick über die Grenze. Dieses Gefühl, auf einem ganz besonderen Streifen Land zu wohnen. Seine Jugend in einer ostfriesischen Kleinstadt zu verbringen, ist schon per se eine recht extreme Angelegenheit. Wenn ich aber diese Stadt verließ, um Schulfreunde zu besuchen, die noch näher an der holländischen Grenze wohnten, im *Rheiderland* nämlich, dann wurde es für mich beinahe außerirdisch. Das Rheiderland ist der Teil Ostfrieslands links der Ems; durchs Rheiderland sind mein Freund und ich damals getrampt, als wir den Versuch gemacht hatten, die Grenze zu Fuß zu passieren. Die Landschaft setzt sich jenseits der Grenze unter gleichem Namen fort, nur dass die Holländer auf das stumme h verzichten und *Reiderland* schreiben. Übers Rheiderland kann man manches erfahren, wenn man die späten Bücher von Christian Geissler liest oder den Roman *Feuerfreund* von Sabine Peters. Es ist ein Land, das unter den Meeresspiegel gesunken scheint und nicht nur an der deutsch-niederländischen Grenze, sondern auch an der zwischen Land und Wasser liegt. Heute, wo die Ems mehr und mehr zu einem Kanal wird, der der Überführung von Luxuskreuzern dient, kann man dort manchmal erleben, wie sich hinter dem Deich langsam ein riesiges Schiff an der Horizontlinie vorwärts zu schieben scheint, als würde es an einem Seil gezogen. Überhaupt handelt es sich um eine Landschaft, in der man leicht Sinnestäuschungen erliegen kann. Das rührt nicht zuletzt daher, dass der Blick in dieser leeren grünen Ebene kaum einen Halt findet, ausgenommen die schwarzweißen Kühe, die auf den Weiden herumstehen und versonnen wiederkäuen. Für mich, der ich aus einer hübschen kleinen Mittelgebirgslandschaft dorthin verschlagen wurde, war das so ähnlich wie für all diese Schweizer Schriftsteller, die so gern nach Berlin gehen und sich dort am Anfang immer verlaufen, weil ihnen die Berge als Orientierungspunkte fehlen.

4

In diesem *Randgebiet* (was für ein träumerisches, heimeliges Wort, zu dem ich merkwürdigerweise immer gleich den Begriff *Nahverkehr* assoziiere) war ich als Jugendlicher gleichwohl mit dem Rest der Welt bestens verbunden, über die damals vorherrschenden Medien Fernsehen, Radio, Buch, Zeitung. Als Hinterwäldler konnten wir schon deshalb nicht durchgehen, weil es in dieser Gegend so gut wie keine Wälder gibt. Stattdessen herrschte aufgrund der reichlich vorhandenen freien Fläche Durchzug, Durchreise, weiter Blick. Es ist ja bekannt, dass es an der Küste immer etwas weltläufiger zugeht als hinterm Berg und im tiefen Tal.

Erstaunlich, was damals in einer Kleinstadtbuchhandlung alles präsent war, verglichen mit den erweiterten Papierboutiquen der heutigen Provinz, die sich vollmundig als Buchläden deklarieren. 1968 erwarb ich dort ein Buch mit dem Titel *Ränder*, geschrieben von einem Kölner Schriftsteller namens Jürgen Becker. Englische Broschur (ein Begriff, den ich damals natürlich noch nicht kannte), ein schwarzer Einband mit dem dunkelviolett geschriebenen Autorennamen und dem hellvioletten Titel gleich darunter, gleiche Schrift und Schriftgröße, alles in Majuskeln und einer serifenlosen Schrift. 112 Seiten, von denen zwei in der Mitte des Bandes komplett leer und weiß waren, das war das Kapitel 6 von insgesamt 11: die leere Mitte, das Verstummen, das leere Zentrum. Das Buch bewegte sich gleichsam von beiden Seiten, von den Rändern auf diese Mitte zu: Kapitel 7 war formal ein Spiegel von Kapitel 5, Kapitel 8 von Kapitel 4 und so weiter. Vielleicht stimmt das aber gar nicht: Vielleicht entfernte sich das Buch in beide Richtungen von der Mitte, und man musste die leeren Seiten zuerst *lesen.* Wie schon bei einigen anderen Büchern aus demselben Verlag sah ich hier, was man typografisch mit einem Buch alles anstellen kann, welche Sprache der Zeilenbruch, das Weiß, das Ausgesparte, der Rand sprechen konnten. Fast überflüssig zu erwähnen, dass es sich bei dem

Verlag um Suhrkamp handelte, damals Frankfurt, Mitte der Republik, heute Berlin bei Polen. Das Buch ist in dieser Ausgabe noch immer lieferbar.

5

Im selben Jahr 1968, als ich dieses Buch erwarb, trampte ich im Sommer mit einem Freund nach Kopenhagen. Ich war 20 und hätte natürlich eigentlich in Dahlem oder in Bockenheim die Klassenkämpfe vorantreiben müssen, war daran aber leider das ganze Jahr 1968 verhindert, weil ich in einer Garnisonsstadt nahe Wilhelmshaven als Gefreiter der Bundeswehr das Geschäftszimmer einer Kompanie besetzte und Urlaubsanträge oder Schadensfälle bearbeitete. Damals dauerte das Soldatspielen noch 18 Monate, und als Abiturient hätte ich auch eine Offizierskarriere einschlagen können. Dass ich darauf gleich am Anfang verzichtete, hatte weniger ideologische Gründe, sondern lag daran, dass es mir viel zu anstrengend war, auf Kommando durch den Dreck zu robben und sportliche Leistungen der abstrusesten Art zu erbringen. Nach dem Ende meiner Schulzeit wollte ich möglichst keine Bundesjugendspiele mehr mitmachen. Dabei habe ich nichts gegen Sport, solange es sich um Fußball handelt.

Der Freund, mit dem ich nach Kopenhagen trampte, teilte für den Rest des Jahres das Geschäftszimmer der Kompanie mit mir und hatte ebenfalls freiwillig auf eine Offizierskarriere verzichtet. In *Wonderful Copenhagen* wollten wir unseren Jahresurlaub verbringen. Natürlich hätten wir uns auch Amsterdam aussuchen können, aber dort war ich drei Jahre vorher schon mit einem anderen Freund gewesen. Auch wäre uns eine sehr eindrucksvolle Grenzerfahrung entgangen. Um nach Dänemark einzudringen, kann man bekanntlich mit der Fähre von Puttgarden auf Fehmarn nach Rødbyhavn auf der Insel Lolland übersetzen. Wir haben damals diesen Weg gewählt und kamen aus irgendwelchen Gründen in den frühen Morgenstunden eines schönen Sommertages in Rødbyhavn an.

Urbild aller transitorischen Orte

Ich habe keine Ahnung, wie dieser Ort heute aussieht. Angeblich hat er jetzt beinahe 2000 Einwohner. Damals hatte er etwa 20, meinem Eindruck nach. Ich gestehe, dass meine Erinnerung sehr schwach ist, aber vor mir steht das Bild einer schönen, sommerlichen Morgendämmerung in einer Hafenanlage, die verteufelt einem Grenzübergang in die DDR ähnelte. Es gab eine Tankstelle und einen Laden, in dem man sich mit Reiseproviant eindecken konnte: Der Kapitalismus machte schon damals vor den entlegensten

Gegenden nicht Halt. Rødbyhavn ist für mich bis heute das Urbild allen Niemandslands, aller transitorischen Orte geblieben, aller Nicht-Orte, lange bevor ich diesen Begriff bei Marc Augé kennenlernte. Seither verbindet mich eine tiefe Liebe zu diesen Orten und vor allem zu ihren Bewohnern, die nicht wie alle anderen einfach weiterziehen können und die ich darum gleichzeitig bedauere und beneide. Die wenigen, ausnahmslos funktionalen Häuser oder eher Schuppen von Rødbyhavn in der rosigen Frühe eines Sommermorgens sind der tiefste Eindruck dieser Reise geblieben. Von Kopenhagen dagegen ist eigentlich nur zu erzählen, dass wir zum ersten Mal in unserem Leben einen Pornoshop betraten – das waren noch Zeiten! – und dass wir in einem Museum den Schreibtisch von Søren Kierkegaard gesehen haben. Schließlich noch, dass uns nach einer Woche das Geld ausging. Teures Pflaster schon damals, dieser europäische Norden.

6

Gewissermaßen die Negativfolie der Morgenröte von Rødbyhavn habe ich drei oder vier Jahre später im Kino gesehen. Da lag der Ort indes nicht am Meer, sondern in der tiefen texanischen Provinz und hieß Anarene. Der Titel des Films war *The Last Picture Show*, und der Film, vermutlich der traurigste, der je gedreht wurde, erzählt vom Erwachsenwerden zweier Jungen in diesem Kaff um 1950. Es geht – übrigens in Schwarzweiß – um die Ödnis der Provinz, um missratenen Sex und das Ende des Kinos im Ort, das vom Fernsehen überholt wird. Wer von den gelangweilten Jugendlichen abhauen will, wird von den ebenso gelangweilten Eltern wieder zurückgeholt. Aus diesem Kaff kommt keiner raus, höchstens als Soldat nach Korea.

Anarene, so verrät mir *Wikipedia*, ist übrigens der tatsächliche Name einer Stadt in Texas, die 1908 gegründet wurde und in den fünfziger Jahren langsam verschied. Im Jahr ihrer Gründung wurde im nahen Newcastle ein Kohlenbergwerk eröffnet. Anarene lag an der *Wichita Falls and Southern Railroad*, und der Haupterwerbszweig war der Kohletransport. 1921 wurde in der Nähe noch ein Ölfeld entdeckt. 1929 hatte Anarene 100 Einwohner, eine Schule, eine Post, einen Laden, eine Tankstelle und eine Schmiede. 1933 waren es nur noch 20 Einwohner, ab 1942 wurde in Newcastle keine Kohle mehr gefördert, 1951 wurde der Bahnhof stillgelegt und 1955 schloss die Post.

Der Film, gedreht im acht Meilen entfernten Archer City, beginnt mit einer Szene, in der der Wind durch die leeren Straßen fegt und Sand und Staub aufwirbelt. Anarene hat nichts von der zivilisatorischen Funktionalität von Rødbyhavn, sondern ist von Anfang an ein Urbild von Stagnation und Verfall, ein Ort, in dem auch die Beziehungen unter den Menschen nur schiefgehen können. *Von diesen Städten wird bleiben: der durch sie hindurchging: der Wind!* oder, weniger poetisch gesagt: *Der Letzte macht das Licht aus.*

7

Das gilt auch für größere Untergänge. Manchmal bleibt allerdings kaum noch Zeit, das Licht auszumachen; es verglüht dann einfach mit der Zeit oder bleibt als immer schwächer werdende Funzel zurück, die hilflos ans Untergegangene mahnt. So geschah es nach 1989 mit der

Deutschen Demokratischen Republik, die 40 Jahre lang, wie der gesamte politische Block, in den sie als Grenzbastion eingefügt war, als etwas völlig Unverrückbares galt. Noch mindestens hundert Jahre, so Honecker in den Achtzigern, werde die Mauer stehen. Das erschien vielleicht auch mir etwas übertrieben, aber selbstverständlich ging ich davon aus, dass ich selbst, der bis 1989 seine gesamte Lebenszeit mit dieser unverrückbaren Teilung gelebt hatte, nichts Anderes mehr erleben würde. »Die Grenzen sind sicher«,

Wir waren doch nur froh, wenn wir Marienborn hinter uns hatten

dachte ich, in Abwandlung eines bekannteren, aber ebenso unzuverlässigen Politikercredos. Heute werden meine Erinnerungen an meine eigenen Grenzübertritte – und das waren nicht wenige – im Zug und im Auto zwischen 1969 und 1974 (Transit BRD–Westberlin und vice versa) immer blasser. Sie sind im Großen und Ganzen zum Andenken an typische Situationen und Sätze geronnen, von denen der häufigste das unvermeidliche *Machen Se ma 's linke Ohr frei* war, der prägnanteste aber die im Wortsinn entwaffnende Frage: *Hamse Waffen, Munizjon, Funggeräde* dabei? Ja, das ist doch wohl klar, dass man an der Grenze offen und ehrlich seine massenhaft mitgeführten Waffen, seine Munition, seine Funkgeräte deklariert. Sonst kommt man ja in Teufels Küche. Wir waren doch bloß froh, wenn wir schon mal die Brücke mit der Aufschrift *Plaste und Elaste aus Schkopau* erreicht hatten, denn dann hatten wir ein gutes Stück DDR geschafft. Wir waren froh, wenn wir wieder *drüben* waren, also entweder jenseits Dreilinden im Bezirk Zehlendorf, auf breiten, zum Teil baumgesäumten Straßen, oder aber auf dem Parkplatz des Rasthofs Helmstedt, Fahrtrichtung Braunschweig. Wenn im Zug Griebnitzsee hinter uns lag oder aber Marienborn, oder wenn wir weiter nördlich Staaken erreicht hatten oder Büchen.

Doch an die Angst kann man sich nicht mehr so recht erinnern, wenn man von den Volksarmisten gemustert wurde, Blick in den Pass, Blick ins Gesicht, Blick in den Pass, Blick ins Gesicht und so weiter, bis sie den Pass zurückreichten und durchwinkten, diese Kerle, die wir einerseits bedauerten und andererseits im stillen einfach als Arschgesichter ansahen, die uns unnötig aufhielten. Irgendwie haben sie geschichtlich ja »verloren«, und jetzt, wo man weiß, dass man keine Angst mehr vor ihnen haben muss, kann man diejenige von früher auch nicht mehr zurückrufen.

Heute gibt's das alles nur noch als Museum: Gedenkstätte Marienborn, Grenzlandmuseum Eichsfeld, deutsch-deutsches Museum Mödlareuth und Ähnliches. Und damit man sich an die Farben dieses in sich zusammengesunkenen

Staatswesens erinnern kann, irgend etwas zwischen grau-grün-braun, wurde der Film *Das Leben der Andern* gedreht. Der schildert zwar das Leben in diesem Staat gewiss nicht so, wie es war, aber farblich stimmt er. Wahrscheinlich hätte er auch die Gerüche bestens hingekriegt, wenn es eine olfaktorische Spur gegeben hätte.

8

Man darf sich an dieser Stelle ruhig noch einmal die Frage stellen, warum damals so viele Leute so häufig den Transit Westberlin–BRD (»Westdeutschand«) und zurück auf sich genommen haben, was so anziehend war an diesem Biotop Westberlin und vor allem: für wen. Für die eingeborenen Berliner vermutlich am wenigsten, von diffusen Heimatgefühlen mal abgesehen. Viele von denen, die es sich leisten konnten, waren doch längst gegangen und hatten im günstigen Falle sogar die Firmen, die sie besaßen, mitgenommen. Für den zugewanderten Arbeitnehmer war Westberlin vielleicht durch die *Berlinzulage* interessant, einen achtprozentigen, steuerfreien Zuschuss zum Bruttolohn, den jeder erhielt, der in Westberlin für Lohn oder Gehalt arbeitete – selbst ich, als ich in den Semesterferien einmal beim Finanzamt Kreuzberg jobbte. Für den zugewanderten westdeutschen Schulabschließer war Westberlin als Ort attraktiv, der ihn vor der Wehrpflicht rettete. Für mich spielte das damals keine Rolle. Mein schon abgeleisteter Wehrdienst half mir im Gegenteil, sowohl Westberlin wie auch die DDR besser zu verstehen. Ich war gewissermaßen mit Mauern, Grenzen, Stacheldraht, Vorschriften und Beschränkungen bereits vertraut, und das Leben auf dem Kasernengelände lehrte mich zudem, Gebilde besser zu begreifen, bei denen im Großen und Ganzen über Jahrzehnte alles beim alten bleibt, wie in Westberlin der Fall. Solche Zustände, das darf man nicht geringschätzen, schaffen natürlich auch eine gewisse Übersichtlichkeit, ja Berechenbarkeit. Sie schaffen vertrautes Gelände, auf das man sich verlassen kann. Die von uns *Kickerkneipe* genannte Kaschemme in der Kreuzberger Moritzstraße (weil wir dort immer am Kicker standen und *Lola* von den Kinks oder das unsägliche *El condor pasa* von Simon & Garfunkel hörten) wäre ohne die heftige Nähe zur Mauer nur die Hälfte wert gewesen. Es erhöht das Lebensgefühl ungemein, wenn man weiß, dass ein paar hundert Meter weiter die bekannte Welt zu Ende ist. Denn in die DDR fahren, das war etwas für die Generation unserer Eltern, die dort Verwandte hatten. Für den gewohnheitsmäßigen Transitler galt dagegen nach *Ideal* und Annette Humpe: *Bahnhof Zoo, mein Zug fährt ein / ich steig aus, gut wieder da zu sein.*

War es natürlich oft gar nicht, weil Biotope dieser Art – aller Art? – irgendwann auf den Gemütszustand durchschlagen und krank, traurig oder verwirrt machen können. Der Transitler war deshalb oft jemand, der traurig war, Westberlin zu verlassen, und manchmal regelrecht psychotisch wurde, wenn er zurückkam. In der Zwischenzeit, in Westdeutschland, war es ihm meistens auch nicht besser ergangen.

9

Ich habe mir reichlich Mühe gegeben, inzwischen 25 Jahre lang, mich darüber zu *freuen*, dass all das eines Tages ein Ende hatte, nicht, weil ich ohnehin schon lange wieder in *Westdeutschland* lebte, sondern weil das *Ende der Teilung* gekommen war, die *Wiedervereinigung*, die *deutsche Einheit* oder auch *Deutschland einig Vaterland*, weil also *zusammenwächst, was zusammengehört.* Die Freude ist mir nicht gelungen, sie wird mir nicht mehr gelingen, obwohl ich mir keinen Augenblick den vorherigen Stand der Dinge zurückwünsche. Jene 40 Jahre waren die Strafe gewesen für das, was *Deutschland einig Vaterland* zuvor getan hatte, und diese Strafe hätte schließlich noch viel drastischer ausfallen können, wenn man an den Morgenthau-Plan denkt. Der Gedanke der Versöhnung, dass es *irgendwann gut sein* muss, ist mir nicht fremd, hier aber will er nicht greifen. Ich traue meinem Volk so wenig wie mir selber. Daran ändert alle deutsche Weltoffenheit und Friedfertigkeit nichts, und schon gar nicht irgendein albernes *Sommermärchen*, bei dem *die Welt zu Gast bei Freunden* ist (wie schon 1936). Dazu liebe ich den Fußball viel zu sehr.

Mit der Wiederkehr Großdeutschlands hat außerdem in Europa zeitgleich die Entwicklung der neuen Kleinstaaterei eingesetzt – unter tätiger großdeutscher Mithilfe. Kaum ist man wieder wer, spielt man Weltordnungspolizei. Dafür spielt die kroatische Nationalmannschaft in Trikots, die das Muster der Seekriegsflagge des »Unabhängigen Staats Kroatien« abbilden, entstanden 1941 von deutschen und italienischen Gnaden und 1945 mit diesen beiden Gönnern gemeinsam untergegangen. Darauf einen Mokka im *Café Genscher* in Zagreb. Oder heißt das inzwischen *Café Fischer*?

Selbst im »europäischen Konzert« wäre Deutschland nicht so unbeliebt, wenn es in all seiner Tüchtigkeit nicht so hölzern, philiströs-pedantisch wäre. Wenn das Polizeihafte, das Kategorische nicht bis zu einem Nietzsche hinauf in ihm spuken würde. Was ist der nur zu übliche Ton…, wenn nicht der von

Wachtmeistern, die vorgestern ihre Bestallung bekommen haben. Sehen Sie die Sozialisten an, die Konservativen, die Freigeister, die Orthodoxen – schreibt Christian Morgenstern 1911 an Siegfried Jacobsohn. *Sounds familiar*, könnte der nichtdeutsche Europäer heute kommentieren.

10

Meine persönliche Geburtsgnade: Per Datum bin ich kein Kind der Bundesrepublik, sondern der britischen Zone. Die Tatsache, dass mein Land zum Zeitpunkt, als ich geboren wurde, staatlich nicht existierte, sondern vollständig entmündigt war, verschafft mir bis heute ein temporäres Glücksgefühl, begleitet von dem kühnen Gedanken: *Was einmal war, kann vielleicht auch ein zweites Mal geschehen.* Da dieser Traum aber zu meinen Lebzeiten kaum noch einmal in Erfüllung gehen wird, habe ich ihn mir selbst erschrieben, in einem Buch, das ironischerweise den Titel *Neue Mitte* trägt.

An die britische Besatzung aus meiner Kinderzeit habe ich kaum konkrete Erinnerungen. Britische Militär-LKWs waren ab und an in der Stadt zu sehen. Einmal riefen mich Soldaten, die auf der offenen Ladefläche eines solchen LKWs vor sich hin lümmelten, zu sich (ich war fünf oder sechs) und schenkten mir ein bisschen Schokolade, streng rationiert und nicht so verschwenderisch, wie es den Berichten nach weiter südlich im Land die Amerikaner getan haben. Es waren ein, zwei Tafeln *Cadbury*, das schwöre ich, auch wenn das retrospektive Imagination ist. Es muss einfach *Cadbury* gewesen sein. Ich verstand natürlich nichts, im Gegensatz zu meinem sechs Jahre älteren Bruder, wenn diese irgendwie gelangweilt wirkenden jungen Männer, die sich ein bisschen über mich lustig zu machen schienen, mit mir sprachen. Ich weiß nicht, ob sie in breitem Cockney oder in dem nördlichen Singsang von Lancashire oder in irgendeiner der anderen Zungen des sechsten Kontinents mit mir sprachen. Vielleicht begutachteten sie mich als ganz junges, nachgeborenes Exemplar jener merkwürdigen deutschen Rasse, die bis dahin in diesem 20. Jahrhundert schon so viel *trouble* verursacht hatte und derentwegen sie jetzt in einer südniedersächsischen Kleinstadt hinten auf ihren LKWs herumsaßen, während sie lieber auf ihrer Insel an der *fish-and-chips*-Bude oder am Tresen des *local pub* gestanden hätten. Und irgendwann waren sie verschwunden; ich hatte das gar nicht weiter verfolgt. Ich begegnete ihnen erst wieder in der Gegend von Munster in der Lüneburger Heide, etwa anderthalb Jahrzehnte danach, als Soldat im Manöver. Auch da hatten wir aber eigentlich nichts miteinander zu tun; sie waren nur irgendwie auch in der Gegend: Es war ihr Gelände, auf dem diese strategischen Spielchen gespielt wurden.

Aber ich bin ein Kind der britischen Zone, darauf bestehe ich. Furchtbar, wird man sagen, diese *Phantasien der Entmündigung*. Zugegeben: Ein deutscher Junge sollte *so* nicht phantasieren.

11

Dem deutschen Jungen wurden allerdings als Zwölfjährigem schon Bilder gezeigt, die alle Phantasien hochgradig überstiegen. 1960 kam der Film *Mein Kampf* in die Kinos, eine Dokumentation des deutsch-schwedischen Regisseurs Erwin Leiser. Deutsch-schwedisch war er deshalb, weil Leiser und seine Eltern ab 1938 nicht mehr deutsch sein durften, wie so viele andere. *Mein Kampf* versucht, den Aufstieg der Nazis in Deutschland schon in der Weimarer Republik, die Machtergreifung und den Weg bis zum Ende zu zeigen, und arbeitet vorrangig mit Archivmaterial. Der Film wurde sofort auch für Schulen zur politischen Aufklärung empfohlen. Also kommandierte man uns irgendwann im Jahr 1960, wir waren zwölf Jahre alt, im Klassenverband ins Kino und zeigte uns die Bilder von aufgestapelten Leichen oder gerade noch lebenden Skeletten in Auschwitz, Treblinka und anderswo. Der Film war in der Tat nach dem unerforschlichen Ratschluss der legendären Freiwilligen Selbstkontrolle ab 12 Jahren freigegeben. *Empfohlen*, was immer das heißen mag, wurde er allerdings erst ab 14. Ich weiß nicht, was Pädagogen dazu veranlasst hat, halben Kindern (und das waren Zwölfjährige damals) solche Bilder zuzumuten; vermutlich jene eigene *Unfähigkeit zu trauern*, die die Mitscherlichs analysiert hatten, auch wenn diese Formel heute so vehement angegriffen wird. Diese Unfähigkeit und natürlich die alte Gewohnheit, Befehle auszuführen: Denn dass Schulklassen gefälligst auf diese Weise politisch aufzuklären seien, war wohl mehr oder weniger seitens oberster Schulbehörden eine dienstliche Anordnung. Und die wurde von Lehrern, die teilweise selbst noch vor kurzem für Führer, Volk und Vaterland gekämpft oder sich in der Hitlerjugend darauf vorbereitet hatten, gehorsam befolgt.

Mit diesem erzwungenen Kinobesuch begann für mich jene Depression, die bis heute mein Leben grundiert und mich auch nicht verlassen wird, weil sie behandlungsresistent sein dürfte. Auch wenn ich als Zwölfjähriger damals diese Begrifflichkeit noch nicht kannte und ich es für mich anders formulierte, war mir doch unmittelbar zweierlei klar: dass es einerseits lächerlich sei, sich weiterhin irgendwelchen humanistischen Illusionen hingeben zu wollen. Das war aber eine relativ allgemeine Erkenntnis, die ich mir persönlich noch irgendwie vom Leibe halten konnte. Sie half mir immerhin, später, als ich das Wort *Zivilisationsbruch* kennenlernte, unmittelbar zu begreifen, was damit gemeint war. Sie hilft mir übrigens auch, die Zivilisation bis heute höher zu schätzen als die *Kultur,* denn mit der Kultur hatten es die Nazis schließlich ganz dicke.

Die andere, viel unmittelbarere Folge dieses Kinobesuchs war die Erkenntnis, der nicht abwaschbare Makel, einem *Tätervolk* anzugehören, dem schlimmsten der Geschichte. Viel später, 1980, fand ich das in der Literatur so formuliert: *Ja, nicht einmal ein Opfer war er und konnte so auch nicht mit den Opfern dieses Jahrhunderts sich zur Großen Klage zusammenfinden und in der Verzückung gemeinsamen Leidens wieder stimmhaft werden. Er, der ›unbekannt Sitzende‹, war vielleicht schwach, aber ein Nachkomme von Tätern, und sah sich selbst als Täter, und die Völkermörder als Ahnherren.*

So zu lesen bei Peter Handke in *Langsame Heimkehr. Vielleicht schwach, aber ein Nachkomme von Tätern*: Hier fand ich meine eigene Erfahrung zum ersten Mal wieder, nicht in all der humanistisch, katholisch, protestantisch, sozialistisch gefärbten Aufarbeitungs- und Bewältigungsliteratur der Nachkriegsjahrzehnte, und übrigens auch nicht in der von vielen schweren Zeichen erfüllten Selbststilisierung zum Verfolgten und Emigranten *post festum,* mit der sich später der literarische Melancholieproduzent W. G. Sebald profiliert hat.

12

Am 29. Januar 1996 besuchte ich Peter Handke zum ersten Mal in seinem Haus in Chaville. Im Zug von Köln nach Paris am Tag zuvor – damals noch nicht der *Thalys*, sondern ein Fernzug, der über Charleroi und Maubeuge ging – trieb ich es mit dem Literarischen nicht so weit, dass ich dachte: Ich fahre jetzt in die *Niemandsbucht*. Der Anlass meiner Reise war ein Feature über Emmanuel Bove, eigentlich Bobovnikoff, jenen Schriftsteller des Unglücks (und manchmal auch des Glücks), dessen Bücher *Meine Freunde*, *Armand* und *Bécon-les-Bruyères* (das war das Buch des Glücks) Handke ins Deutsche übersetzt und damit den vergessenen Autor erst wieder bekannt gemacht hat. Ich fuhr also nach Chaville, um den Übersetzer zu interviewen, nicht den Autor, und da es in der Kultur damals noch großzügig zuging, ließ mich der Deutschlandfunk in der ersten Klasse nach Paris fahren, die an diesem frühen Sonntagmorgen gähnend leer war.

Abends besuchte ich in Paris meinen Freund Piero, der mir ein Hotel unweit seiner Wohnung besorgt hatte, und stellte am nächsten Tag, bevor ich mich auf den Weg in die *Niemandsbucht* machte, meine Reisetasche bei ihm unter. Dieser nächste Tag begann regnerisch, hellte dann aber schon etwas auf, als ich im RER nach Chaville saß. Ganz konnte ich mir das Wort *Niemandsbucht* doch nicht aus dem Kopf schlagen, weil ich den Roman gerade erst gelesen hatte, zum nicht geringen Teil auf pendelnden Zugfahrten zwischen Köln und Bielefeld, einmal wöchentlich.

Die Straße, an der Peter Handke wohnt, hat nichts Scheues, Zurückgezogenes, sondern ist im Gegenteil eine leicht ansteigende Hauptstraße unweit einem der drei Bahnhöfe Chavilles. Während allerdings alle anderen Häuser direkt an der Straße stehen, muss man zu Peter Handke – damals zu »den Handkes«, auch wenn seine Frau Sophie Semin nicht da war, wohl aber die Tochter Leocadie – eine Einfahrt hineingehen, um dann an einer kleinen blauen Gartenpforte aus Metall zu läuten. Der große Garten zieht sich ganz ums Haus herum, wobei das Haus wiederum nichts Besonderes ist, nur eben eine schöne Zuflucht, bei der ich sofort begriff, wie man hier sesshaft werden konnte.

Zur Zeit dieses ersten Besuchs war Peter Handke jemand, der sich gerade in Deutschland bei allen Rechtgläubigen und Bescheidwissern wieder einmal unmöglich gemacht hatte. Für die Rechtgläubigen verlief seinerzeit die *Grenze zwischen Zivilisation und Barbarei* ziemlich genau zwischen Kroatien und Serbien, vor allem, wenn man einem der damaligen Herausgeber der *FAZ* glauben wollte, der für seine Ansichten 1995 die Ehrendoktorwürde der Universität Zagreb erhielt. In den Wochen vor meinem Besuch war in zwei Folgen in der *Süddeutschen Zeitung* Peter Handkes *Winterliche Reise zu den Flüssen Donau, Save, Morawa und Drina* erschienen, damals noch unter dem Titel *Gerechtigkeit für Serbien*, der später, in der Buchausgabe, zum Untertitel wurde. Das war aber gar nicht die »proserbische Schrift«, als die sie sofort gelesen – oder eher gar nicht erst gelesen – wurde. Man kann das noch heute prüfen, es findet sich hier nirgends die Leugnung irgendwelcher Kriegsverbrechen noch auch ein Eintreten für eine irgendwie geartete »serbische Sache«. Nirgendwo liest man die Behauptung, *die Serben* seien *die Guten*, dagegen spricht Handke an einer Stelle ausdrücklich von den Kriegsgewinnlern in der neuen serbischen Führung. Es handelte sich tatsächlich nur um den Versuch, selbst vor Ort nachzusehen, ein Versuch, der selbstverständlich aus Peter Handkes Trauer um den Zerfall Jugoslawiens rührte, einer Trauer, die schließlich legitim ist und die ich teile. Es waren jedoch nicht nur Ehrendoktoren wie der *FAZ*-Herausgeber, die sich empörten, sondern auch einige jener gestandenen Intellektuellen, die zu allem und jedem eine Meinung haben oder hatten und damit auch niemals hinter dem Berg halten können, so etwa Alain Finkielkraut, der Handke ein *ideologisches Monster* nannte, und Susan Sontag, die seine Bücher nicht länger lesen mochte, was der Autor sicher verschmerzen konnte.

Von derlei Aufregungen war unsere Begegnung an diesem Montagvormittag fast völlig unberührt. Die Gartenpforte öffnete mir ein recht jugendlich wirkender 53-jähriger Mann, der auf dem Weg ins Haus ein wenig in sich versponnen und zugleich vom ersten Moment an mir freundlich zugewandt erschien. Wir verschwanden in einem kleinen, im Souterrain gelegenen Raum, wo ich auf einem einfachen Holztisch das handliche Aufnahmegerät aufbaute, und sprachen etwa 30 Minuten über Emmanuel Bove und das Übersetzen von Emmanuel Bove, auch über Georges Simenon, nicht aber über Serbien.

Danach lud mich Peter Handke – inzwischen war Leocadie aus der Vorschule gekommen, hatte zu malen begonnen und sich ein wenig mit ihrem Vater gestritten – zu einem Spaziergang ein, der in die Wälder führen sollte. Vielleicht, weil der weltberühmte Autor sich keinerlei Mühe machte, mich zu beeindrucken und im Gespräch so gut wie gar nicht mit sich selbst beschäftigt war, fühlte ich mich in seiner Gegenwart von Anfang an wohl. Vielleicht wurde das Wohlgefühl noch dadurch gesteigert, dass der begonnene Spaziergang gar nicht erst in die Wälder führte, sondern Peter Handke nach einer Viertelstunde sagte: »Wissen Sie was, lassen Sie uns essen gehen, ich lade Sie natürlich ein.«

Wir suchten also in Chaville ein Restaurant auf, in dem wir an diesem Montagmittag die einzigen Gäste waren.

Natürlich war der weltberühmte Autor auch hier weltberühmt, wenn auch von den Kellnern am Ende vielleicht niemand genau wusste, warum und was dieser berühmte Mann, dessen Gesicht sie kannten, eigentlich machte. Die *Winterliche Reise* hatten sie ganz gewiss nicht gelesen, schon wegen fehlender Kenntnis der deutschen Sprache. (In welcher Sprache haben Finkielkraut und Sontag den Text gelesen? Oder haben sie, wie die meisten, nur *darüber* gelesen?)

Wir sprachen über alles Mögliche, am wenigsten über ihn selbst. Dafür über Joseph Brodsky, der gerade gestorben war, mit 55 Jahren, übers Lesen, übers lange Sitzen im Dunkeln. Einmal tauchte im Gespräch auch das Massaker von Srebrenica auf, dessen Realität Peter Handke, anders als man ihm vorgeworfen hat, keinen Moment leugnete, nicht jedenfalls an diesem Montagmittag im Januar 1996, wie ich bezeugen kann.

Ich sprach, das war mein Eindruck, mit einem glücklichen Menschen, der ganz selbstverständlich versuchte, mir von seinem Glück etwas abzugeben, ohne jede großspurige Geste. Über die *Niemandsbucht* verloren wir beide kein Wort, aber ich verstand bereits damals, dass sein Glück mit diesem Leben am Rand zu tun hatte. »Ich fahre nur noch selten nach Paris«, sagte er. Mit somnambuler Sicherheit hatte ich zum Signieren auch nicht die *Niemandsbucht* mitgebracht, sondern *Nachmittag eines Schriftstellers*, das Buch, in dem es schon fast ein Jahrzehnt vorher geschrieben stand: *Geradewegs hinaus an den Rand, wo mein Ort ist!*

Das Aufnahmegerät übrigens, auf dem das Gespräch über Bove gespeichert war, ließ ich im RER zurück nach Paris stehen. Ein freundlicher junger Mann lief hinter mir her und trug es mir nach. Ein Tag, an dem nichts Schlimmes passieren konnte. Die Aufnahme musste später im Studio heftig bearbeitet werden. Ich hatte untersteuert.

13

Geradewegs hinaus an den Rand. Die Mitte hat zweifellos immer ein bisschen was Obszönes, mit ihrem Leuchten, Locken, Prunken und Prahlen, mit den Sehnsüchten, die sie weckt. Auch mit den an allen Stellen und in allen Formaten immer wieder auftauchenden Gesichtern, bis plötzlich das eine oder andere nicht mehr zu sehen ist. Das erinnert beinahe an die Retuschierkünste bei der offiziösen Fotografie zur Zeit Stalins.

Oft hat die Mitte auch etwas Erdrückendes. Zu dem Zeitpunkt, da ich dies schreibe, Anfang 2013, tummeln sich unter anderem Peer Steinbrück, Sigmar Gabriel, Peter Altmaier und Horst Seehofer in der Mitte, um nur ein paar gewichtige Namen zu nennen, und andere drängen mit Macht dorthin. Aus diesem Gedränge winken verzweifelt jene Erdrückten und Ertrinkenden, die plötzlich, von einem Tag auf den anderen, nicht mehr da sind. Was für das hier angeführte Subsystem *Politik* gilt, trifft selbstverständlich auch auf alle anderen Subsysteme zu, etwa die *Kunst*, die *Ökonomie*, den *Sport* und ganz besonders die *Unterhaltung*, die vielleicht eines Tages das übergreifende System sein wird.

14

Ganz verloren gehen kann allerdings heute niemand mehr, leider, oder nur unter sehr erschwerten Umständen. Zwar gelingt es erstaunlicherweise immer noch Einzelnen, spurlos zu verschwinden, ohne das Opfer eines Verbrechens zu sein. Insgesamt aber bringt das *System Mitte* die möglichst vollständige Erfassung jedes Einzelnen mit sich, die auch an die

Ränder reicht und noch die dunkelsten Winkel ausleuchtet. Das Prinzip dieser totalen Erfassung ist nicht neu. Es handelt sich um das von Jeremy Bentham entwickelte Panopticon, das Foucault in *Überwachen und Strafen* und anderswo so eindrucksvoll beschrieben hat und das für Disziplinargesellschaften charakteristisch ist. Vom Zentrum aus wird alles zugleich bis in den letzten Winkel erfasst. Dem Auge des Zentrums, dem Auge der Macht entgeht nichts. Dieses Auge der Macht kann, je nachdem, den politischen, strafrechtlichen, ökonomischen, fiskalischen Kontrollblick haben. Nur die wirklich Superreichen, die in vollständig autonomen Systemen eigenen Rechts leben, werden von ihm nicht erreicht.

Unter diesen Umständen ist es übrigens um so unbegreiflicher, dass die Verfassungsschutzämter mehrerer Bundesländer die drei Mitglieder der Terrorzelle *Nationalsozialistischer Untergrund* angeblich nicht im Visier hatten. Selbst wenn man den beteiligten Verfassungsschützern und der Polizei kein absichtliches Wegsehen unterstellt, sondern einfach nur abgrundtiefe Dämlichkeit, ist das keinesfalls beruhigend.

Fast scheint es also, als könne man – außer natürlich durch den Suizid – sein Verschwinden nicht mehr selbst bewerkstelligen. Man kann aber vielleicht den Saum dieses Verschwindens in die Hand bekommen, und dies geschieht in der Regel nicht planmäßig, sondern man stolpert in diese Situation gleichsam hinein, oder man *sinkt* in sie ein, wie man gleich sehen wird.

1977, Ende August, verschrottete ich mein erstes eigenes Auto, einen schon damals sehr alten Ford Taunus 12 M, den ich drei Monate zuvor für 150 Mark gekauft hatte. Er zog nicht mehr, die Kupplung war im Eimer, es gab starke

Roststellen, und in der Karosserie prangte von Anfang an ein veritables Loch, das ich mit einem großen Stück Heftpflaster überklebt hatte. Immerhin hatte er mich im Sommer hier und da noch ein wenig durch Deutschland getragen, kurz vor dem Deutschen Herbst.

Ein feuchter, diesiger, nicht zu kalter Spätsommertag. Ich weiß nicht, warum ich an diesem Morgen in Hausschuhen losfuhr, noch dazu nicht einmal meinen eigenen, sondern denen von Christoph. Startpunkt war Bochum-Querenburg, Zielpunkt das Industriegelände Vollmond in Bochum-Werne oder Langendreer, das weiß ich nicht mehr. Menschen, die von den schönen (und langsam verschwindenden) Eigenarten des Ruhrgebiets nichts wissen, muss man vielleicht erklären, dass *Vollmond* ursprünglich natürlich der Name einer Zeche war. Die Strecke war damals auch ohne Navigationsgerät zu bewältigen, und der 12 M schaffte es vom Motor und der Kupplung her noch gerade so eben.

Auf dem Industriegelände Vollmond befand sich unter anderem das Büro jenes Schrotthändlers, mit dem ich am Tag zuvor telefoniert hatte. Kein Büro, ein Verschlag; so muss ein Schrotthändlerbüro aussehen. Dass ich für dieses Auto nichts mehr bekam, verstand sich von selbst. Ich musste sogar noch einen kleinen Betrag dalassen, damit der gute Mann mein Blech annahm. Ein Schrotthändler wie aus dem Fernsehen übrigens, groß mit Bauch und Schnauzer, privat sicher sehr nett, gegenüber Kumpels jovial, gegenüber seinen Frauen großzügig und patriarchalisch.

Allerdings unklare Gestik. Er zeigte durchs nicht sehr saubere Fenster in die immer noch diesige Welt dort draußen und sagte *Fahren Sie den Wagen mal dahinten hin.* Ich meinte, verstanden zu haben und startete durch, mit der maroden Kupplung, an die ich schon seit Wochen gewöhnt war.

Dahinten ist jedoch ein unscharfer Begriff. Es hatte die

ganze Nacht geregnet, und ich arbeitete mich jetzt tief in den Morast hinein, der hier entstanden war, mit stöhnendem Motor, tiefer und tiefer, bis ich ganz im Schlamm stecken blieb. Vollgas und durchdrehende Räder, dann gab ich auf. Tröpfelte es jetzt vom Himmel? Ich meine mich zu erinnern. Einen Augenblick schloss ich die Augen und lehnte mich im Sitz zurück, dessen Polster stark verschlissen war. *Dies war nicht der Weg, den man mir gewiesen hat*, dachte ich mir.

Als ich schließlich ausstieg, linker Fuß natürlich zuerst, sank ich sofort bis über den Knöchel ein. Der Schlamm war überraschend krustig und dick. Ich verlor den Hausschuh, den ich trug, als ich meinen Fuß vorsichtig wieder hinauszog. Oder in Panik? Ich glaube, ich hatte ein wenig Angst, immer tiefer einzusinken. Das wäre immerhin eine Art des Verschwindens gewesen, an der auch die ausgefeiltesten Überwachungsmechanismen nichts hätten ändern können.

Beim Totalausstieg musste ich den zweiten Hausschuh opfern. Beide Schuhe versanken im Sumpf des Industriegeländes Vollmond. Das war der Moment, als die Welt ganz plötzlich zu Ende war. Das Ruhrgebiet begünstigte damals solche Momente, weil es viele schöne, vor sich hin dämmernde Orte gab, die für das Ende der Welt geeignet waren. Orte, an denen man ernsthaft darüber nachzudenken begann, ob die Erde nicht doch eine Scheibe ist. Noch heute lässt sich da manches finden, auch wenn die Totalsanierung des Reviers, eine Art Entkernung, unerbittlich fortschreitet. Aber noch immer ist dieses Terrain interessanter und differenzierter als die übliche Metropolensimulation.

Ich watete mit hochgekrempelten Jeans und verschlammten Füßen, an denen sich schnell eine schützende Kruste bildete, noch einmal zum Verschlag des Schrotthändlers, der mir sagte: *Ich habe Ihnen doch gesagt, Sie sollen dahinten hinfahren*, begleitet von einer ähnlich vagen Geste wie vorhin. *Na,* sagte er dann, *wir holen den Wagen schon raus.*

Ich ging also barfuß zur nächsten Bushaltestelle. Es war in Werne und nicht in Langendreer, jetzt weiß ich es wieder. Als ich in den Bus einstieg, Stehplatz, gab es hinreichend Blicke auf meine Füße, an denen der getrocknete Schlamm halb klebte, halb bröckelte er ab. Aber niemand wagte es, etwas zu sagen. Vielleicht hatte auch keiner das Bedürfnis, vielleicht waren sie allerhand gewohnt, die Leute aus Bochum-Werne. Ich stieg Langendreer Bahnhof aus und trampte dann, innerstädtisch. Damals ging das ziemlich problemlos. Die Menschen waren noch freundlich, trotz Buback und Ponto (Schleyer kam erst ein paar Tage später). Ein Mann Mitte dreißig, kein Student, nahm mich mit nach Querenburg, die Universitätsstraße hinunter. Es war bestimmt ein Opel, in dem ich saß. In Bochum war jedes Auto ein Opel, mein 12 M fiel da richtig auf, nicht nur wegen des Heftpflasters auf der Karosserie. Der Fahrer zögerte eine Weile, aber ich hatte schon bemerkt, dass er ab und zu auf meine Füße schielte. Schließlich traute er sich und fragte: *Was haben Sie denn gemacht? – Ich habe gerade mein Auto verschrottet,* antwortete ich. Weitere Nachfragen gab es nicht, aber ich hatte das Gefühl, dass er mich für leicht gestört hielt und froh war, mich am Uni-Center absetzen zu können. Dort ging ich zu Deichmann und kaufte mir ein paar neue Schuhe. Eben noch beinahe verschwunden, nun zurück in der Welt. Aber Christoph habe ich seine Hausschuhe nie ersetzt. Verzeih mir, lieber Christoph.

15

»Schleyer kam erst ein paar Tage später« – und mit ihm der Endkampf. Merkwürdig, wie präsent einerseits die Erinnerung an *die bleierne Zeit* oder den *deutschen Herbst* noch ist und wie verschwommen zugleich. Wenige Tage nach der Entführung trampte ich nach Tübingen – in festen Schuhen! –, um bald danach meine erste Stelle anzutreten. Die Erinnerung an diese Wochen: Hubschrauber und Flugzeuge über dem Land, und meine Bilder aus dieser Zeit sind *durchgängig schwarzweiß,* während sie 1972, als das kurze Jahrzehnt begann, noch farbig waren.

Das kurze Jahrzehnt, jene siebziger Jahre, die dann am 18. Oktober 1977 endeten. Natürlich mögen auch diese fünf Jahre für andere vorrangig farbig gewesen sein, hauptsächlich orange. Küchengeräte, Tapeten, Kaffeekannen: alles orange. Vielleicht wurde das erst im Rückblick zur bleiernen Zeit. Im Grunde hat man »damals« seinen je besonderen Alltag gelebt, die ganzen Jahre zwischen 1972 und dem deutschen Herbst, und die Paranoia beschränkte sich in der Tat auf diese wenigen Wochen zwischen Anfang September und Mitte Oktober 1977, eine Paranoia, die anfangs eine der Staatsmacht war und sich dann sukzessive auf das von ihr regierte Volk übertrug. Natürlich war der Staat niemals in Gefahr, aber die Ereignisse dieser Wochen schufen Heldengeschichten der ganz besonderen Art, auf beiden Seiten: auf der einen die tapferen Männer vom Krisenstab, allen voran Helmut Schmidt, dann Zimmermann, Strauß, Goppel, Mischnick, die Leutnants und Hauptleute aus dem Zweiten Weltkrieg, das schweißt parteiübergreifend zusammen. Männer, die in der Stunde der Gefahr da sind. Ein ganz besonders rührendes Detail für Heinrich Breloers zweiteilige Schmonzette *Todesspiel.*

Auf der anderen Seite die tapferen Kämpfer gegen den Faschismus der Väter und Mütter, »sechs gegen 60 Millionen«, die die Grenze längst überschritten, die Kommunikation längst abgebrochen hatten und sich auch *dem Volke*, dem sie *dienen* wollten, aus ihrem Niemandsland heraus nicht mehr verständlich machen konnten. Das *Volk* sollte aber nach Mogadischu wenigstens dies glauben, dass sie sich nicht selbst getötet hatten, sondern vom faschistischen Staat gemeuchelt wurden: Die Legende lebt, hier und da bis heute.

Vor kurzem habe ich wochenlang noch einmal in all diesen Büchern, Dokumenten, Flugschriften, Berichten von »damals« gewühlt, mich in sie hineingefressen, sie mit in meine schlechten Träume genommen. Ich wollte ein Porträt schreiben über den Mann im BKA in Wiesbaden, immer die Idsteiner Straße hoch, der sich dort verschanzt hatte und mit einem Internet vor den Zeiten des Internets die selbsternannte Rote Armee Fraktion einzukreisen versuchte, jene Avantgarde, die spätestens seit 1972 permanent auf der Flucht war. Fast wäre es ihm gelungen. Ich hatte ein irgendwie persönlich gefärbtes Interesse an diesem Mann, weil ich in denselben Jahren immer wieder Wochen in der Wohnung meiner Eltern verbrachte, Luftlinie vielleicht zwei Kilometer von Horst Herolds Festung entfernt. Ich fuhr nach Sonneberg in Thüringen, wo Herold geboren wurde, wo man nicht thüringisch, sondern fränkisch spricht, und wo ich aus einem Auto mit heruntergelassener Seitenscheibe die im Rechtsrockrhythmus gebrüllte Zeile »Deutschland gehört uns« aufschnappte. Ob das Haus in der Marienstraße 13 wirklich noch das ursprüngliche Geburtshaus ist oder ein Bau aus der Nachkriegszeit, habe ich nicht herausbekommen. Ich sah mir im Internet diese ganzen Plakate mit Fahndungsfotos noch einmal an, deren Qualität auf dem Niveau damaliger Passbildautomaten war. Dann die Festnahme von Baader, Raspe und Meins in Frankfurt am 1. Juni 1972, die ikonischen Szenen 1977: der Mord an Buback in Karlsruhe, die eher ungeplante Ermordung Pontos in Oberursel und die Entführung Schleyers in Köln. Ich las eine kluge Dissertation über die besondere Rolle der Frauen im deutschen Terrorismus. Schließlich wurde meine Depression immer klebriger. Eines Morgens trug ich alle ausgeliehenen Bücher und Dokumente in die Bibliothek zurück und verstaute den Rest, der mir gehörte, in einem großen Karton, den ich mir bis heute nicht mehr angesehen habe. Dann, ganz langsam, löste sich die Depression. Es war nicht die Beschäftigung mit Herold gewesen, die sie verursacht hatte. Es war diese moralisch selbstermächtigte Guerilla unter der ideologischen Führung einer schwäbischen Pastorentochter, ehemals Leiterin der Bibelarbeit im Evangelischen Mädchenwerk in Tuttlingen. *Aber dieses unausweichliche starre Ideale kommt im deutschen meist aus dem Südwesten, wo der halbe Terror herkommt,* schrieb Rainald Goetz 1988.

Für die Staatsmacht war das alles natürlich nie ein wirkliches Problem, dem besorgten Stirnrunzeln des Krisenstabs zum Trotz. Denn, das schrieb Goetz 1988 auch: *Der Staat erkennt die Revolution als Feindin an, die zu ihm gehört, und vernichtet sie so in sich hinein.*

Was uns die Guerilla-Avantgarde vorerst zurückgelassen hat: dass es in allerlei deutschen Städten eine Hanns-Martin-Schleyer-Straße gibt und dass in Stuttgart eine große Veranstaltungshalle nach diesem schmissigen SS-Mann und nationalsozialistischen Studentenführer benannt ist, der in großer Zeit in Prag an der Arisierung der tschechischen

Wirtschaft mitgearbeitet und sich um die Beschaffung von Zwangsarbeitern gekümmert hatte. Über die Umbenennung dieser Straßen und dieser Halle denkt niemand nach; der Name ist sakrosankt. In der Halle fand 1999 unter anderem der 28. Deutsche Evangelische Kirchentag statt.

Im Übrigen, was die Siebziger betrifft: Die Mode ist grauenhaft. Die *Clogs*: ein Angriff auf die Fußgesundheit. Die Popmusik: *Yes, Queen, Genesis, Eagles,* und immer wieder *Abba.* Im Kino: *Saturday Night Fever.* Und: *Der amerikanische Freund.* Büchnerpreis an Reiner Kunze. Aus bewährter Produktion frisch auf den Tisch: *Der Butt.*

In den Jahren 1976 und 1977 sterben unter anderem Agatha Christie, Mao Tse-Tung, Ernst Bloch und Elvis Presley.

Bei Suhrkamp erscheint am 3. Oktober 1977 ein neuer Gedichtband von Jürgen Becker. Der Titel: *Erzähl mir nichts vom Krieg.* Ich erinnere mich, ihn fast ein Jahr lang, während ich meinen Job ausübte, auf den Fahrten zur und von der Arbeit und auf meinen Streifzügen durchs ungeliebte Schwaben, im Auto immer bei mir gehabt zu haben, beinahe wie ein Amulett.

In den leeren Straßen. Ich frage mich,
was Architektur ist, was Blumenkübel sind, was
ist ein Parkplatz. Es ist kalt, und
es ist kalter Abend. Menschen keine; Stille
ist nicht zu erfinden. Vor einem Schaufenster
stehend zähle ich 47 brennende Lampen.

16

Bei den Legenden, die über unsere Berliner Republik im Umlauf sind, steht an oberster Stelle natürlich die, diese sei weltläufiger, welthaltiger, größer und gewaltiger als ihre Bonner Vorgängerin. Das stimmt in dem einen Punkt, dass das Land wieder Krieg führt, wenn zuweilen auch verschämt. Die Verschämtheit nimmt nun aber auch ein Ende, nachdem der Pfarrer Gauck auf der letzten Münchner Sicherheitskonferenz öffentlich annonciert hat, dass er bei künftigen deutschen Expeditionen die Waffen gewissermaßen persönlich segnen werde. Ansonsten hält die These von der Weltläufigkeit, mit der die Berliner Politik sich selbst feiert, einem genaueren Blick nicht stand, was allein schon ein Skandal- und Affärenvergleich belegt. Die alte Bundesrepublik hatte immerhin Rosemarie Nitribitt und Uwe Barschel aufzuweisen (wenig genug). Die neue hat bisher nur Guttenberg und Wulff zu bieten. Worum ging es da noch? Um eine abgekupferte Dissertation und um ein Haus in Großburgwedel. Das haben alle überlebt, und Blut ist nicht geflossen. Kein Stoff fürs Kino.

Habe ich was vergessen? Das kann passieren in einem Land, das so hochanständig und so sehr politisches Biedermeier ist wie vermutlich kein anderes auf der Welt. Darauf hat natürlich schon die alte Republik hingesteuert, nachdem Gestalten wie Franz Josef Strauß oder Herbert Wehner verschwunden waren. Aber diese alte Republik hatte noch mehr Schattenseiten, gewissermaßen unzugängliche Winkel, und dazu Frontlinien, die inhaltlich zwar nichts mehr bedeuteten, aber nach wie vor wirksam waren. Sie war insgesamt undurchdringlicher, fiebriger, neurotischer. Der Mief der fünfziger und frühen sechziger Jahre rührte schließlich daher, dass das Ungeheuerliche unter der Decke gehalten werden musste. Definiert war diese Zeit dadurch, *was man nicht tut* und *worüber man nicht spricht.* Wobei das ineinandergriff: Man sprach zum Beispiel nicht darüber, was viele getan hatten, in der gerade zurückliegenden Zeit. Nicht nur die großen Verbrecher, sondern ebenso die eigenen Eltern und unser kranker Nachbar auch. Klar, dass sich diese permanente Verschwiegenheit nicht auf immer durchhalten ließ. Sie war es aber, die die alte Republik in jenes fiebrig-miefige, flackernd-neurotische Zwielicht tauchte, das uns heute nur spießig und mittelmäßig erscheint. Aber die Verbrechen, die hinter dieser Verschwiegenheit standen, waren alles andere als mittelmäßig, sondern so monströs, dass diejenigen, die sie begangen hatten, und die anderen, die »nur« mitgemacht hatten, mit zusammengepressten Lippen durchs Leben gingen. Den Titel ihres weiteren Lebensprogramms hatte ihnen ein amerikanischer Dramatiker geschrieben: *Wir sind noch einmal davongekommen.*

Die neue Republik dagegen ist transparent, aufgeklärt und hochvernünftig, deshalb verstehen sich alle so gut in der Neuen Mitte. Erst die Berliner Republik hat das politische Biedermeier ganz und gar realisiert, und ihre unangefochtene Regentin ist von einer atemberaubenden Unbescholtenheit. Korruption? Bei dieser Frau undenkbar. Sonstige Affären? Ebenso. Da hofft man beinahe, dass irgendwo doch noch mal eine Stasi-Akte auftaucht. Aber auch die würde nichts ändern. *Das Volk* mag sie, und nerven tut sie nur im Ausland, was uns nicht weiter stört. Alles ruhig in Berlin.

17

Und natürlich auch kein Grund für so viel Misstrauen gegenüber diesem so zivilisierten und lieben Volk, wie ich es weiter oben vorgeführt habe. Das muss wohl meine ganz persönliche Paranoia sein. Schließlich sterben die allerletzten Täter langsam dahin, und die Gespenster sind längst gebannt. Allerdings stellt der Historiker Thomas Weber in der *FAZ* vom 30. Januar 2013, zum 80. Jahrestag der sogenannten Machtergreifung also, die Frage *Wer war Adolf Hitler?*, und diese Frage ist nicht nur eine peppige Überschrift, sondern durchaus ernst gemeint. Der Autor beklagt, dass in der Geschichtswissenschaft die Person Hitlers immer mehr hinter die Erforschung des Nationalsozialismus zurückgetreten ist. Das sei zwar ursprünglich eine richtige Entwicklung gewesen, weil es den Deutschen nicht länger gestattete, alles auf den Führer zu schieben, als seien sie ihm nicht begeistert und aus eigenem Antrieb gefolgt, als hätten sie ihn nicht geliebt. Inzwischen aber sei Hitler zwar in jedem Film und jeder Dokumentation omnipräsent, aber ebenso ominös und werde eigentlich nicht mehr ernst genommen.

Eine ungenaue, aber dennoch omnipräsente Figur: Das sind die charakteristischen Merkmale einer idealen Projektionsfläche. Warum sich die deutsche Geschichtswissenschaft um Hitler nicht mehr kümmert, erklärt Weber mit institutionellen Eigenarten des hiesigen Universitätsbetriebs. Mag sein; mag aber auch sein, dass eine tieferliegende Angst die deutschen Historiker an der eingehenderen Beschäftigung mit ihm hindert. Sie könnten am Ende vielleicht doch noch herausbekommen, dass der Führer der große deutsche Traum war, dem bis heute kein anderer gefolgt ist, der ihn ablösen könnte. Deshalb hat auch keine Erlösung stattgefunden. Die Gespenster sind eben nicht gebannt, sondern treiben im kollektiven Unbewussten weiter ihren Spuk. Darum sind wir ja so froh über unsere tadellose Demokratie und ihre tadellose Regentin.

18

Ein Leben ohne wenigstens einen Moment der Unsterblichkeit ist wirklich arm. Meiner kam mit 17, also recht früh, aber das scheint mir normal zu sein. Danach geht es meistens bergab. Alles geschah in Hannover, was mir weniger normal zu sein scheint, aber es war so.

Dezember 1965, eine zweitägige Tagung der JPN in Hannover. Die JPN ist die Junge Presse Niedersachsen; sie gibt es sogar heute noch, wie die FDP. Also Schülerzeitungsvertreter aus allen Rändern, Zentren und Winkeln dieses schönen Flächenstaates, mit seinen entzückenden Mittelgebirgen, seinen unheimlichen Mooren, seinen verträumten Heiden, seinen grasenden Heidschnucken, seinen fröhlichen Schützenfesten, seinen schwarzbunten Kühen, seinen aromatischen Agrarfabriken und seinen munteren Alt- und Neunazis. Auf der Hinfahrt im Abteil erster Klasse – Niedersachsen hielt wohl damals noch was auf seinen kulturellen Nachwuchs – las ich *konkret*. Eine Reportage aus Liverpool, betitelt *An den Quellen des Beat.* Mein mitreisender Co-Redakteur – ich war damals der Chef der Schülerzeitung – war ein hochmusikalischer Kontrabassspieler, dessen Musikalität vor der Popmusik keineswegs Halt machte. Durchaus möglich, dass wir auf dieser Hinfahrt zuweilen Passagen aus den Songs von *Rubber Soul* intonierten, das gerade erst erschienen war. Vielleicht waren wir aber auch noch zu müde. Doch ich wünsche mir, es war so, dass wir sangen. Oder summten. Wenigstens *Girl* könnten wir doch gesummt haben. Und *Norwegian Wood.* Das Mädchen aus der Arbeiterklasse und der Künstler, der ausschlafen kann, hätte *konkret* vielleicht kommentiert.

Selbstbestimmung der Musik

Diese Tagung also. Einer der Protagonisten, der offenbar nicht wie ich zum ersten Mal an so etwas teilnahm, hielt scharfzüngige Monologe, so dass selbst dem Dümmsten schnell klar wurde: Der wird mal was. So einer, der ganz kritisch war, schneidender Intellekt, wie man so sagt, aber in der Schule dem Lieblingslehrer die Tasche tragen. Er nannte sich »Stefan Aust«. Einige Jahre danach musste ich beim Fernsehgucken lernen, dass es tatsächlich Stefan Aust gewesen war. Dies war jedoch nicht der Moment der Unsterblichkeit, von dem ich erzählen wollte.

Im Rahmen der Tagung besuchten wir unter anderem den Rangierbahnhof Lehrte, obwohl niemand wusste warum, selbst ich nicht als Enkel eines Eisenbahners. Vermutlich hat keiner eine Reportage darüber geschrieben, nicht einmal Stefan Aust. Dies war auch noch nicht der Moment der Unsterblichkeit.

Der große lange Moment der Unsterblichkeit kam am Abend des ersten Tages, als ich mit einigen Redakteuren aus Braunschweig durch einige Kneipen des Hannoveraner Zentrums zog. Es tut mir leid, dass ich keine anderen Städtenamen als solche erwähnen kann, aber ich möchte bei der Wahrheit bleiben. Wenigstens Liverpool habe ich ja unterbringen können. Wir standen an den Theken und tranken Bier und monopolisierten die Musicboxen. Diese formschönen Apparate standen damals überall herum in der Gastronomie; die Gäste durften die Musik noch selbst bestimmen.

In einer der Kneipen war die Box besonders laut eingestellt und hervorragend bestückt, nämlich fast ausschließlich mit Beatles-Titeln. Die älteren Sachen aus *Help!* und *A Hard Day's Night* und noch davor, aber auch *Day Tripper* und *We can work it out*, die für *Rubber Soul* nicht mehr verwendet worden waren. Versteht sich, dass wir zuweilen mitsangen, diese jungen Braunschweiger Redakteure und ich, mehr oder weniger textsicher. Vor uns lag eine leuchtende Zukunft. Wir waren alle nicht mehr weit vom Abitur entfernt, und es lag auf der Hand, dass wir alle bedeutende Autoren oder sonst irgendwie Künstler werden würden, weltberühmt auf jeden Fall. Das mit der Weltberühmtheit sprach keiner so deutlich aus, aber jeder wusste für sich ganz genau Bescheid. Und die Musik schien von Stunde zu Stunde lauter zu werden, und der Abend leuchtete umso stärker, je länger er dauerte und je mehr die Konturen milde verschwammen. *We can work it out*, sangen die Beatles, *life is very short,* sang John Lennon im Mittelteil, *and there's no time for fussing and fighting, my friend.* Das taten wir auch nicht, wir beschränkten uns aufs Trinken. *I feel fine*, sang John Lennon, *Baby's good to me, you know,* sang er, *she's happy as can be*, sang er. Mädchen waren aber gar nicht dabei an diesem Abend, weil an der Tagung der JPN kaum welche teilnahmen. Damals, im Jahr 1965, waren die Machtverhältnisse unter den Geschlechtern noch eindeutig; die Unordnung fing ja gerade erst an. Aber das würde alles noch kommen, wie überhaupt das Leben noch kommen würde, wir hatten sehr viel Zeit, und an diesem Abend jedenfalls waren wir unsterblich. Danke, lieber Gott und danke, Hannover, wenigstens einmal was richtig gemacht. Und natürlich danke, John Paul George und Ringo, auch an diesem Abend wieder alles richtig gemacht.

19

Das Leben, das auf diesen Moment der Unsterblichkeit folgte, war naturgemäß völlig anders als erwartet.

Ende 1988 oder Anfang 1989, das lässt sich nicht mehr feststellen, schickte mir Klaus Hansen ein Lesezeichen. Klaus Hansen war damals Leiter der Theodor-Heuss-Akademie in Gummersbach, heute ist er Professor für Politische Wissenschaft und Politische Bildung an der Hochschule Niederrhein. Auf dem Lesezeichen stand handschriftlich *lieber Jochen, für 1989 das Beste! Klaus*, und im schönen Fettdruck darunter der Wunsch:

Hauptsache, das Leben wird nicht besser, als es ist.

Diesem schönen Wunsch kam das Jahr 1989 lange Zeit nach, der Sommer war sehr groß, bis sich am Ende die Ereignisse überschlugen und alles besser wurde, als es war. Man erinnert sich. Ich allerdings nur schemenhaft, weil ich in den kritischen Tagen unglücklich verliebt und für Revolutionen nicht besonders empfänglich war. Jedoch erinnere ich mich an leuchtend-inhaltsleere Sätze wie *So viel Anfang war nie* und daran, dass eine allgemeine Zeitung für Deutschland die ungeheuer subversive Literatur vom Prenzlauer Berg als die maßgebliche sowohl der Jetztzeit wie auch der Zukunft feierte. Diese Begeisterung legte sich allerdings schnell, als sich herausstellte, dass die Subversion in diesem wie in vielen anderen Fällen eher von der Stasi ausgegangen war.

Das war eine der Spielarten, in der das Leben damals besser wurde. Das Lesezeichen nutze ich übrigens noch heute heftig, auch wenn es inzwischen schon eine leicht mürbe Konsistenz hat, und ich möchte Klaus Hansen auf diesem Wege ganz herzlich grüßen.

20

Das Leben wird jedoch dauernd besser und leichter, als es ist: bedauerlicherweise. Das führt zum Beispiel dazu, dass es heute nicht mehr nur beinahe unmöglich geworden ist, spurlos zu verschwinden, sondern dass es schon beinahe ebenso schwer ist, sich einfach nur zu verirren. Die Welt ist restlos kartografiert, auf Papier ebenso wie per GPS. In Europa etwa haben der Fall der Grenzen von 1989 und das Verschwinden der staatssozialistischen Regime dazu geführt, dass im Anschluss daran große Gebiete erschlossen wurden, die bis dahin im kartografischen Nebel gelegen hatten. Sie waren explizites Niemandsland gewesen, tauchten auf den offiziellen Karten dieser Länder niemals auf oder wurden verzerrt und bewusst irreführend wiedergegeben: militärische Sperrgebiete und Übungsplätze, Munitionsdepots und Lager, Stadtteile, die nur Privilegierten zugänglich waren.

Karl Schlögel hat das in seinem Buch *Im Raume lesen wir die Zeit* beschrieben. Dort heißt es zum Beispiel: *Jahrzehntelang war Kartenzeichnen in der UdSSR geheime Staatssache. Karten von Küstenlinien, Flussverläufen, Straßen- und Eisenbahnführungen, die Einzeichnung bestimmter Gebäude, Brücken, Kraftwerke, Staudämme, Grenzen verschwanden überhaupt aus dem öffentlichen Bereich.* Natürlich hat das Tradition und hat nicht erst in der Sowjetunion begonnen. Die zivile Geografie ist von jeher ein Kind der militärischen Geografie, nicht umgekehrt. Erst, wer Räume erobert hat, kartografiert sie, und der Raum ist das Objekt von Eroberung und in der Folge von Aufklärung, aber auch von Unterschlagung und Verschleierung, denn *es geht um strategische Punkte, Gelände, Vorposten, Fronten, Verbindungslinien, Stellungen, Glacis, Hinterland, Aufmärsche, Aufstellungen usf.*, schreibt Schlögel. Auch die Kartografie selbst ist Mittel der Kriegführung, besonders der gezielten Desinformation des Gegners. *Karten haben eine große Rolle in der psychologischen Kriegführung während des Kalten Krieges gespielt. Auf sowjetischer Seite wurden systematisch falsche Stadtpläne hergestellt – auf denen Straßen und Gebäude fehlten –, auf amerikanischer Seite wurden die damals genauesten Stadtpläne für sowjetische Großstädte produziert.*

Ja, in den Zeiten des Kalten Krieges konnte man noch ins Abseits, den toten Winkel, das Niemandsland geführt werden, weil es weiße Flecken auf der Landkarte gab. Genaues geografisches Wissen war in solchen Ländern gewissermaßen Herrschaftswissen. Heute schützt uns das GPS zuverlässig vor unliebsamen Erfahrungen und vor dem unzulässigen Überschreiten von Grenzen, sofern es solche gibt. Wenn uns die dreidimensionale Welt zu irritieren beginnt, werfen wir schnell einen Blick auf die digital-zweidimensionale, um wieder Ordnung ins System zu bekommen. Nicht allein das, sondern mehr noch: um drin zu bleiben im System, das uns zuverlässig schützt. Das beängstigende Gefühl, vom Weg abgekommen zu sein, wird immer seltener. Dagegen spricht auch nicht der eine oder andere Geisterfahrer: Der ist ja gerade felsenfest davon überzeugt, auf der richtigen Spur zu sein.

Nur wer vielleicht allein im Blechgehäuse seines Autos eine halbe oder Dreiviertelstunde auf der Autobahn vor sich hin träumt, in entlegenen Gebieten und vielleicht noch vorzugsweise in der Abenddämmerung, *twilight time*, der weiß manchmal plötzlich nicht mehr, wie er dorthin gekommen ist, wo er jetzt ist. Wann ist mir der letzte Wagen entgegengekommen? Wann habe ich zum letzten Mal eine Abfahrt passiert, und welche Ortsnamen standen dort weiß auf dem blauen Grund der Tafeln? Und wohin führt diese Autobahn? Ist es überhaupt eine, oder ist es die große, leere Asphaltspur ins Sperrgebiet, ins Nichts, ans Ende der Welt?

Aber gerade, als plötzlich solche ängstlichen Fragen aufkommen, rückt da vorn rechts endlich wieder eines dieser blauen Schilder ins Blickfeld. Nein, es ist kein Niemandsland hier und nicht das Ende der Welt, und jetzt, wo ich näher komme, sehe ich: Es ist nur die Abfahrt Heinsberg/Erkelenz. Wieder nicht verloren gegangen.

Dass man sich nicht mehr verirren kann, trifft nicht nur auf die Fortbewegung mit dem Auto oder Zweirad zu, sondern auch auf den Fußweg im Nahbereich. Durch fremde Städte wandert man heute nicht mehr mit dem Stadtplan, sondern mit dem Smartphone. Auf dem sieht man zuerst virtuell, was in der Folge, sobald man den Blick hebt, physisch vor einem liegt. Wer sich nach Maßgabe des Smartphones durch die Stadt bewegt, der kann die Sehnsucht nicht mehr verstehen, die sich in Walter Benjamins Sätzen ausdrückt: *Sich in einer Stadt nicht zurechtfinden heißt nicht viel. In einer Stadt sich aber zu verirren, wie man in einem Walde sich verirrt, braucht Schulung. Da müssen Straßennamen zu dem Irrenden so sprechen wie das Knacken trockener Reiser und kleine Straßen im Stadtinnern ihm die Tageszeiten so deutlich wie eine Bergmulde widerspiegeln.* Solche Wünsche, nebst der in die Stadt transportierten Metaphorik der Wildnis, sind dem Smartphone-Flaneur völlig fremd. Er möchte sich jederzeit umstandslos verorten können.

21

Die Vorstellung vom Ende der Welt ist in den meisten Fällen *zeitlich* fixiert, bevorzugt in Form des Weltuntergangs, der in regelmäßigen Abständen immer wieder neu prognostiziert wird, sogar mit dem genauen Datum. Diese zeitliche Fixierung mag daher kommen, dass die Menschheit, wenn sie von der Rettung der Welt spricht, diese mit der eigenen Rettung verwechselt und den eigenen Untergang mit dem der Welt gleichsetzt. Dabei wird sich der Planet nach unserem Aussterben gewiss ganz gut erholen.

Die Vorstellung, die Welt könne ganz praktisch *räumlich* irgendwo zu Ende sein, ist uns durch die Erkenntnisse der Astronomie und der Astrophysik in den letzten Jahrhunderten ausgetrieben worden. Wir sind ganz selbstverständlich voller Unendlichkeitsvorstellungen, und unsere Grundstimmung ist dabei nicht einmal mehr die von Pascal, als er schrieb: *Das Schweigen dieser unendlichen Räume erschreckt mich.* Alles ist von Jahrhundert zu Jahrhundert gewissermaßen *immer unendlicher* geworden, ohne Anfang und Ende, und zugleich immer geheimnisloser und langweiliger. Dass man einfach mal mit dem Auto, dem Fahrrad oder gar zu Fuß ans Ende der Welt kommen könne, halten wir für eine Phantasie, die nur zu belächeln ist: obwohl wir doch mit dem Auto, dem Fahrrad oder zu Fuß ständig an Stellen kommen, wo es nicht weitergeht. Aber eben nur *für uns*: Dahinter, dessen sind wir sicher, geht es schon weiter. Dahinter ist was.

Dabei hat es über das räumliche Ende der Welt durchaus Phantasien gegeben. Reinhard Kaiser hat in seinem Buch *Der Zaun am Ende der Welt* davon erzählt, das im Frühjahr 1989 erschien, also noch *vor* dem Fall der Berliner Mauer. (Alle Bücher aus dem Jahr 1989 sind selbstverständlich vor diesem Fall erschienen, auch die Herbsttitel, und als sie geschrieben wurden, hatte kein einziger der Autoren mit den Ereignissen des Herbstes 1989 auch nur entfernt gerechnet.) Eine der herkömmlichen Vorstellungen des Endes der Welt sei eben dieser Zaun gewesen, allerdings: Wenn man hindurchguckte (und durch Zäune kann man immer irgendwie hindurchgucken, sie sind nie vollkommen blickdicht), sah man eben, dass auf der anderen Seite *etwas* war. Überhaupt: Dass es nicht mehr weitergeht, bedeutet nicht, dass auf der anderen Seite nichts ist. Zäune sind Grenzen, und Grenzen haben eine andere Seite, andernfalls ist die Grenzziehung sinnlos. Kann aber die andere Seite das Ende der Welt sein? Darüber kann man lange streiten.

Einleuchtender ist das Ende der Welt als *Punkt.* Wenn man einen Punkt macht, ist ein Satz zu Ende, und wenn man einen Punkt in die Welt setzt (oder einen solchen vorfindet), heißt das: Hier geht es nicht weiter, hier ist jetzt mal

Schluss. Durch einen Punkt kann man nicht wie durch die Astlöcher, Ritzen und Zwischenräume eines Zauns hindurchgucken.

Kaiser führt das Beispiel der beiden Polarforscher Frederick Cook und Robert Peary an. Die haben zwar das Ende der Welt gefunden, konnten es aber nicht punktgenau festmachen. *Der Punkt, an dem die Erdachse im hohen Norden endet, liegt über einem mehr als 4000 Meter tiefen Ozean im Eis. Dieses Eis driftet. Es ist in ständiger Bewegung. Die Stelle auf dem Eisfeld, die eben noch der Nordpol war, ist es in diesem Augenblick schon nicht mehr.* Wo also genau das Ende der Welt ist, lässt sich nur mit sehr komplizierten Messungen ermitteln, oder aber man muss es dezisionistisch festlegen.

Immerhin ist ein Punkt als Ende der Welt einsichtiger als ein Zaun, bei dem man sich sofort ein Jenseits vorstellt. *Einmal erreicht, verschluckt der Pol in seiner Eindimensionalität alle Bilder und Vorstellungen, die sich auf der Anreise noch mit ihm verknüpft hatten,* schreibt Kaiser. *Die Vorstellungskraft tritt am Pol auf der Stelle und bekommt kurze Beine. Es geht hier nicht weiter.*

Natürlich kann man sich dennoch vorstellen, dass es jenseits des Punktes weitergeht, aber diesmal auf eine Art und Weise, bei der man sich an das Vorhergehende nicht mehr erinnern kann. Man hat nicht eine neue Welt oder ein Jenseits betreten, weil das die Erinnerung an eine alte Welt oder ein Diesseits voraussetzen würde. Man ist dann in einem Woanders, für das es keine Vorgeschichte gibt, nicht in einer zweiten Welt, sondern in einer neuen ersten.

Die kann auch so aussehen: *»Vielleicht gibt es keinen einzigen Franzosen mehr östlich der Maas«, dachte er, während er dahinschritt. »Wer weiß, was vorgeht? Vielleicht gibt es über-*

haupt nichts mehr?« Doch bei diesem Gedanken, der ihm fast einleuchtend erschien, schlug sein Herz stärker vor verhaltener Aufregung, er spürte seinen Geist mit Leichtigkeit über den Wassern der Katastrophe schweben. »Vielleicht gibt es nichts mehr?« Die Erde erschien ihm schön und rein wie nach der Sintflut, zwei Elstern hockten sich nebeneinander vor ihm auf die Böschung wie Fabeltiere und glätteten mit Bedacht ihren langen Schwanz auf dem Gras. »Bis wohin würde man wohl so marschieren können?«, dachte er verzaubert, und es war ihm, als ob seine Augen sich in ihren Höhlen drängten, bis sie ihm wehtaten; die Welt musste »Fehlstellen« haben, unbekannte Adern, in die man nur erst einmal einzudringen brauchte.

Eben: Fehlstellen, unbekannte Adern. In diesem Fall befinden sie sich tief in den Ardennen, und der ihnen auf der Spur ist, ist der Leutnant Grange aus Julien Gracqs *Ein Balkon im Wald*, eine Erzählung, die einen Leser glücklich machen kann, obwohl sie vom Krieg erzählt, von der *drôle de guerre* im französischen Osten vom September 1939 bis zum Mai 1940. Glücklich vor allem, weil erzählt wird, wie man zugleich sehr intensiv in der Welt sein und aus ihr herausfallen kann, in diesem Fall keinesfalls eine schreckliche Vorstellung, da sie gleichzeitig mit dem Gedanken des Davonkommens, der Rettung gekoppelt ist.

22

Julien Gracq habe ich erst vor einigen Jahren entdeckt, und noch immer suche ich nach einer Erklärung, warum wir uns vorher nie über den Weg gelaufen sind, im buchstäblichen wie im übertragenen Sinn des Wortes. Zugegeben, die Welt ist groß, und noch steckt sie voller verborgener, wenn auch nicht mehr unentdeckter Stellen. Doch als ich vor gut zwanzig Jahren drei Wochen lang mit dem Auto kreuz und quer durch Frankreich gefahren bin, allein und keinem festen Plan folgend, hätte mir da nicht irgendwo an der Loire oder im Poitou auf irgendeinem Seitenweg der rüstige alte Herr entgegenkommen können? Schließlich war er damals erst 82 Jahre alt und hatte noch anderthalb Jahrzehnte vor sich. Gewiss wäre es nicht zu einem Gespräch gekommen; einem solchen Mann hätte man aus der Distanz respektvoll zugenickt, und er selbst hätte vielleicht freundlich zurückgenickt. Aber eine Ahnung hätte ich vielleicht davon gewonnen, welchem Auge, welchem unvergleichlichen Blick auf die Welt ich da eben begegnet war.

Nein, denn selbst wenn diese stumme Begegnung stattgefunden hätte, ich hätte ihn gar nicht erkannt. Um Menschen aufzuspüren, die so sehr im Verborgenen, an den Rändern und in den Zwischenräumen lebten, wie Gracq es tat, braucht man selbst eine entsprechende Witterung, und von der war ich damals weit entfernt. Zwar war ich auf diese Sommerreise mit dem ausdrücklichen Ziel aufgebrochen, mich zu verlieren und für andere verloren zu gehen, und in einzelnen Momenten mag mir das auch gelungen sein. Aber in meinem Alltag lebte ich keineswegs in den Zwischenräumen, sondern ganz fürchterlich mittendrin, dort, wo Köln zu jener Zeit am lautesten war und in den grellsten Farben leuchtete, zwei Minuten vom Rudolfplatz entfernt, wo nach Siegen entweder der deutschen oder der italienischen Nationalmannschaft sich um Mitternacht die Autokorsos trafen, und mein Blick war auf Menschen eingestellt, auf Gewimmel. Das ändert sich nicht so schnell, wenn man zwischendurch für ein paar Wochen allein mit dem Wagen unterwegs ist. In den Dörfern und in den Städtchen, in denen ich auf dieser Reise landete, am Atlantikstrand zwischen Bayonne und Biarritz oder in den Straßen und auf den Plätzen von Arles, im Städtchen Vivonne im Poitou oder auf der Rückreise in Grenoble, heftete sich mein Blick vor allem auf die Menschen. Er war noch nicht, oder nur in besonderen Momenten, bereit fürs *Gelände.*

Gracq dagegen war schon seit jungen Jahren dafür bereit. *Ich habe sehr rasch Gefallen daran gefunden, Landschaften zu betrachten. Wenn ich reiste, war es recht schwierig, mich von der Scheibe des Waggons wegzubekommen.* Das gilt auch für mich als Kind; es galt wohl für viele Kinder. Ich habe nicht den Eindruck, dass man das von Kindern heute in gleichem Ausmaß sagen kann. Dies ist eine reine Feststellung, kein kulturkritisches Kopfschütteln über die Kinder von heute, von denen viele zweifelsfrei von Anfang an in einer virtuellen Welt aufwachsen, von der die physische oft nur ein schwaches, kaum wahrgenommenes Abbild ist, nicht umgekehrt. Sie müssen sich dann später ihren Zugang zu dieser physischen Welt auf jeweils ihre Weise bahnen.

Aber die Faszination aus der Kindheit muss natürlich noch keinen späteren Geografen und Geländegänger machen, zu dem Louis Poirier aus Saint-Florent-le-Vieil dann wurde. *Als ich in die École Normale gekommen war, hatte ich bereits diese Richtung gewählt. Ich hatte keine Lust, Literatur zu studieren. Damals war die Sorbonne anders, als sie jetzt ist.* »Jetzt«, das ist 1978, als dieses Gespräch mit dem Geografen Jean-Louis Tissier geführt wird. *Die Humanwissenschaften existierten kaum. (...) Die Philosophie war in den Händen guter Historiker der Philosophie; das war ebenfalls nicht sehr kreativ. Ich bin kein Philosoph und vor allem kein Metaphysiker. Die abstrakten Ideen interessieren mich, aber ich habe keine Lust, sie zu handhaben. Der konkrete Aspekt der Geografie lockte mich sehr. Ich hatte den Eindruck, etwas*

Ernsteres zu tun als meine Kameraden, die Literatur oder Philosophie studierten. Die Exkursionen, die Arbeit im Gelände haben mir von Anfang an sehr gefallen.

Die Arbeit im Gelände hat auch von Beginn an das Schreiben des Schriftstellers Julien Gracq (der als Lehrer für Geografie und Geschichte weiterhin Louis Poirier hieß) geprägt. In seinen fiktionalen ebenso wie in seinen essayistischen Werken musste sich Gracq sein Sujet niemals mühsam erarbeiten. Er musste sich nicht, wie wir heutigen Autoren, erst zum Ornithologen, zur Biologielehrerin, zum Werbetexter, Fotografen, Physiker oder zum IT-Spezialisten jeweils auf Amateurniveau ausbilden, um beginnen zu können; er musste keine Karteikästen oder Dateien anlegen. Seine Texte kommen aus souveräner Kenntnis, und wenn er in seinen fiktionalen Texten Landschaften beschreibt, hat dies nichts mit Kulissenmalerei zu tun. *Es gibt eine Ansicht, die ich überhaupt nicht akzeptiere, nämlich die, die Landschaft diene einem Buch als Rahmen. Die Landschaften sind »im Roman«, und zwar genauso und im selben Maß wie die Figuren.* Anders gesagt: Gracq hatte den psychologischen Roman und den Humanismus schon lange vor dem *nouveau roman* überwunden.

Er will uns nicht bezaubern, tut es aber mit fast jeder Zeile. Sein Stil ist ganz unangestrengt, ohne je nachlässig zu sein. Es gibt in diesem Werk nur wenig, was den Eindruck der Arabeske erweckt und besser nicht geschrieben worden wäre. Das mag daran liegen, dass Louis Poirier sein Geld als Lehrer im französischen Staatsdienst verdiente und keinerlei äußerem Schreibzwang aus ökonomischen Gründen unterlag, so wenig, dass er 1951 den Prix Goncourt ablehnen konnte. Einem ständigen inneren Schreibzwang unterlag er ebenso wenig. Er musste also weder aus äußeren Zwängen noch aus innerem Antrieb im Zweijahresrhythmus ein Buch aufs andere folgen lassen, wie wir das von Schriftstellern heute gewohnt sind, die inzwischen ebenso auf ihre Publikationslisten achten müssen wie die Professoren an der Uni. Gracq war insofern ein glücklicher Autor, und vielleicht sind seine Bücher auch deshalb geeignet, ihre Leser glücklich zu machen, egal, wovon sie gerade sprechen.

Was dieser gelernte Geograf und unangestrengte, also vollkommene Stilist uns vermittelt, wenn er Landschaften beschreibt, und zwar ohne jeden »hohen Ton« und ganz und gar unpathetisch, das ist eine natürliche, ruhige, ihrer selbst gewisse Liebe zur physischen Welt, die ohne jede Überhöhung, ohne jede Metaphysik auskommt. Er muss keine Hymnen singen und nicht einmal, wie Camus, von der »zärtlichen Gleichgültigkeit der Welt« sprechen. Auch er belegt Landschaften zuweilen mit Stimmungsmetaphern wie düster, traurig, heiter, aber diese Metaphern sollen das Gelände, das vor ihm liegt, nicht mit metaphysischer Bedeutung aufladen, sondern geben eher die Stimmung des Betrachters wieder. Die Bedeutung einer Landschaft, einer Region liest er an Zeichen ab, die auf Handfesteres deuten, wie etwa Wirtschaftsweise, Siedlungsformen und Baustil, und ansonsten beschränkt er sich darauf, die Landschaften in solche einzuteilen, die ihn langweilen, und solche, denen er freundlich gesonnen ist oder die er liebt.

Vor allem aber dies: *Ja, die Außenwelt existiert für mich. Und das sehr stark. Und dieses Gefühl einer sehr kraftvollen Existenz geht eher mit einem* Ja *einher als mit einem* Nein.

Mit diesem Blick auf die Welt, das kann man sich vorstellen, ist es durchaus möglich, 97 Jahre lang zu leben ohne allzu lange Phasen des *ennui* oder gar der Depression. Und selbst die Vorstellung, zu verschwinden oder verlorenzugehen, verliert ihren Schrecken, weil all dies noch immer *in der Welt* geschieht. Gracqs Blick war ganz und gar immanent. Alles Transzendente, das hat er mehrfach betont, war nicht seine Sache.

23

Vorstellen lässt sich eben auch, dass das Ende der Welt mitten in ihr versteckt ist. Es liegt dann nicht unbedingt am Rand, sondern irgendwo gut verborgen, und ist nur für die Auserwählten zugänglich, für diejenigen, deren Wünschelrute im richtigen Moment ausgeschlagen hat. Der gefundene Ort ist gleichsam ein Paradies *for the happy few* oder auch nur für einen Einzelnen. Kinder haben dafür das beste Gespür. Deshalb nimmt dieses Paradies oft die Gestalt des Verstecks an. Kinder spielen ja gern *Verstecken*, doch richtig spannend wird es für das einzelne Kind erst, wenn es wirklich nicht mehr gefunden wird, sondern für den Rest des Tages Ruhe hat, auch vor den Spielkameraden, und selbst bestimmt, wann es sich wieder sichtbar macht. Erst dann kann man davon sprechen, dass das spezifische, für dieses Kind vorgesehene Ende der Welt erreicht ist. So etwa das kaum mehr als kindgroße Loch unter dem Bahndamm in Northeim in den fünfziger Jahren, am Ende der Saarstraße, einer abschüssigen Sackgasse. Dieses Loch, durch das man sogar hindurchkriechen konnte, um auf schnellstem Wege die andere Seite der Gleise zu erreichen, und von dem ich mir nie sicher war, wenn ich hineinkroch, ob ich auch lebend wieder hinauskommen würde oder nicht plötzlich ein riesiges Fabeltier auftauchen und mich verschlingen würde. Andererseits: Für ein riesiges Fabeltier wäre in dem Loch gar kein Platz gewesen.

Solche Orte kann es auch für eine kleine, verschworene Gruppe geben, zwei, drei, höchstens vier Kinder oder auch Jugendliche, die eines Tages auf ihr Versteck gestoßen sind und sich dort eingerichtet haben. Das verlangt von jedem selbstverständlich absolute Verschwiegenheit gegenüber allen anderen. Schon die Andeutung, man habe ein Geheimnis, ist der Verrat an eben diesem Geheimnis. Denn in dem Augenblick, in dem das Paradies für alle da ist, verwandelt es sich in die neue Mitte und damit in die Hölle, wie gehabt.

Petri Tamminen hat ein ganzes, hinreißendes Buch über Verstecke geschrieben, das von der richtigen Erkenntnis ausgeht, man müsse nicht unsichtbar im Wortsinn sein, um verborgen zu sein. Selbstverständlich gehören zu den klassischen Verstecken der Dachboden und das Fabrikgelände, die Fischerhütte und die Sandgrube (auch nicht viel anders als das Loch unterm Bahndamm). Aber man kann sich eben auch auf dem Flughafen, in der Bibliothek, im Museum oder im Hotel verstecken, und dass die Menge das ideale Versteck überhaupt ist, wusste schon Edgar Allan Poe.

Das Dumme ist nur, dass man offenbar verlernt, sich zu verstecken, wenn man erwachsen wird. Der Erwachsene kann sich diese Fähigkeit erst wieder zurückerobern, wenn er sich an seine Kindheit erinnert, etwa so, wie es Tamminen beschreibt: *Ein Dachboden-Mensch kann Jahre im Parterre der Welt verbringen. Wenn er dann wieder auf den Dachboden steigt, erinnert er sich an die Kindheit. Es scheint, als stamme alles, woran man glaubt, von hier, alle Dauerhaftigkeit und Kraft, all das, in dessen Schutz man morgens aufsteht. Man hat das Gefühl, man hätte vom Leben seinen Teil auch dann bekommen, wenn man sich nie vom Dachboden entfernt hätte.*

Aber sicher doch.

24

Auch ich bin in meiner Jugend ein Dachboden-Mensch gewesen. Wir bewohnten ab 1960 einen sogenannten Bungalow, der vielleicht ein bisschen klein geraten war, weil der Architekt sich bei seinen Planungen verpflichtet gefühlt hatte, im Sinne meines Vaters zu sparen. Vor allem in der Diele, wenn zum Beispiel Gäste ihre Mäntel aufhängen wollten, führte das Gedrängel und Gerangel manchmal zum vorübergehenden Stillstand, zur ratlosen Erstarrung. Das Haus reichte dennoch aus für die kleine Familie, spätestens dann, als mein Bruder uns nach seinem Abitur verließ und in dem exotischen Nicht-Ort Leverkusen eine Ausbildung als Industriekaufmann begann. Dieser Bungalow wurde auf drei Seiten von Rasen und einem kleinen Garten eingerahmt, und vor dem Fenster meines Zimmers stand ein Walnussbaum, was ich damals als überaus fremdartig empfand. Ein Walnussbaum in Ostfriesland, das war ein bisschen elitär, fand ich. Übrigens waren die geernteten Nüsse immer ziemlich feucht und mussten wochenlang auf den Heizkörpern getrocknet werden, um annähernd genießbar zu sein.

Der großzügigste Raum des Hauses aber war der Dachboden, den man über eine Zugleiter betreten konnte. Großzügig deshalb, weil er im Gegensatz zu den meisten Dachböden, die ich später gesehen habe, nicht bis in den letzten Winkel vollgestellt, sondern im Gegenteil praktisch leer war. Zudem fiel bei schönem Wetter durch die Fensterluken das Sonnenlicht geradezu verschwenderisch in den Raum. Auch das trug bei zu dem Eindruck der Großzügigkeit dieses Dachbodens, der in verblüffender Weise größer zu sein schien als die ganze Wohnung, die unter ihm lag.

Auf diesen Dachboden habe ich mich gern zurückgezogen. Ich hatte meine Eltern irgendwann überredet, dort einen Tisch in der Form einer Holzplatte auf zwei Böcken aufzustellen, so dass ich sogar Hausaufgaben für die Schule machen konnte. Vor allem aber schrieb ich dort meine ersten Texte, von denen einer logischerweise *Der Dachboden* hieß. Dass fast zeitgleich in Belgrad der Roman *Die Dachkammer* erschien, das Debüt von Danilo Kiš, konnte ich natürlich nicht wissen. Schließlich nahmen das damals in Deutschland auch die sogenannten Fachleute nicht wahr.

Ich habe diese frühen Manuskripte lange aufbewahrt und sogar noch ins Studium mitgenommen, bis sie irgendwann bei einem meiner zahllosen kleineren und größeren Umzüge (etwa vierzig bis heute) verlorengingen oder auch bewusst geopfert wurden. Dass die meisten Fragment blieben (es gab allerdings auch zwei fertig ausgeführte Erzählungen von jeweils knapp dreißig Seiten), störte mich damals nicht. Immer, wenn ich nicht weiterkam, sagte ich mir, dass der Text vielleicht einfach nur ein halbes oder ganzes Jahr oder noch länger liegen musste, bis die Zeit reif sei. Wie ich heute weiß, war das für einen 14- oder 15-jährigen Autor bereits eine erstaunlich professionelle Einstellung. Zwar ist der Text *Der Dachboden* niemals fertig geworden, aber knapp vierzig Jahre später hat der reale Dachboden eine Metamorphose erfahren und wurde als *Der Schuppen* ein ganz entscheidender, wenn nicht der entscheidende Ort in dem Roman *Das Beste, was wir hatten.*

Dort oben saß ich also halbe oder ganze Nachmittage lang, war anwesend und hielt mich doch verborgen, hatte mich von den anderen entfernt und war doch aufgehoben und irgendwie zu Hause. Der Dachboden ermöglichte mir eine Art von Sesshaftigkeit, die ich vorher, in meiner Kindheit, so nicht gekannt hatte. Als Kind war ich nämlich vorwiegend auf der Flucht gewesen, und diese Fluchtbewegungen waren kaum von Angst, dafür aber umso mehr von Lustgefühlen begleitet.

25

Meine einzigen guten Erinnerungen bis zum heutigen Tag waren Fluchterinnerungen, sagt der Erzähler in Patrick Modianos Roman *Aus tiefstem Vergessen*, und ein paar Seiten später erwähnt er *jene vertraute Trunkenheit, die ich jedesmal in mir aufsteigen fühlte, wenn ich die Flucht ergriff.* So ist es mir schon als Kind ergangen. Bevor ich zur Schule kam, und später in den Ferien, schlich ich mich irgendwann morgens aus dem Haus, und es war keineswegs sicher, ob ich mittags, ja ob ich abends wieder zu Hause sein würde.

Die legendärste Geschichte ist die von meiner Flucht auf dem Dreirad in Richtung Harz, noch in der Vorschulzeit. Davon zu erzählen ist allerdings nicht einfach, weil ich nicht weiß, welche Teile der Erzählung den nachträglichen Berichten meiner Eltern, insbesondere meiner Mutter, entstammen und welche meiner eigenen Erinnerung.

Doch, eine Erinnerung schreibe ich authentisch mir selbst zu: Es war ein schönes, nicht zu heißes Frühsommerwetter, bei dem die Sonne manchmal hinter kurzzeitigem Dunst verschwand, jedoch zuverlässig immer wiederkehrte.

Das hört sich nach einer langen Geschichte an, einer langen Fahrt. Es handelte sich aber nur um die Strecke von Northeim nach Hammenstedt, parallel zur Bundesstraße 241 auf dem Fahrradweg, der stadtauswärts links von dieser Bundesstraße verlief. Eine Strecke von etwa vier Kilometern Länge. Heute ist Hammenstedt eingemeindet. Dahin fuhr ich also auf meinem Dreirad und wollte noch weiter, in

Ich wollte mich nicht verkriechen. Ich wollte weg.

Richtung Harz. Nicht, weil der Harz meine Sehnsuchtsregion war, sondern weil dies nach dem Verlassen unseres Hauses, das die Adresse Harztor 33 hatte, der direkte Weg aus der Stadt war, wenn man sich nach links wandte. Die Gegenrichtung hätte logischerweise mitten in die Stadt geführt, die Richtung nach Überqueren der Straße hätte einen mühsamen Anstieg in einen Wald bedeutet, der nicht wirklich außerhalb der Stadt lag und in dem man allen möglichen Bekannten begegnen konnte, und die vierte Richtung führte wieder nur bis unten zum Bahndamm, unter dem jenes Loch lag, in dem ich mich schon oft genug verkrochen hatte. Ich wollte mich aber nicht verkriechen. Ich wollte weg.

Ich wollte natürlich auch viel weiter weg als nach Hammenstedt, aber schon vor Hammenstedt holte mich mein Opa auf seinem Fahrrad ein. Ein Kind auf einem Dreirad hat keine Chance gegen einen Opa auf einem Fahrrad, wenn dieser noch einigermaßen bei Kräften ist.

Nachbarn hatten mich Richtung Harz entschwinden sehen und meiner Mutter Bescheid gesagt. Es war schon Mittagszeit, als mein Opa mich einholte. Die Aufregung hielt sich in Grenzen. Man war es inzwischen gewohnt, mich zu suchen oder suchen zu lassen, auch manchmal in der Dämmerung oder gar Dunkelheit. Irgendwer in dieser Kleinstadt hatte mich immer irgendwo zuletzt gesehen, hatte eine Ahnung, wohin ich gegangen sein könnte. Kein Kunststück, denn ich versteckte mich ja nicht. Ich streifte umher, ich erkundete das Gelände, ich erweiterte meinen Radius, das war alles. Insgeheim aber zielten alle meine Fluchtbewegungen darauf, ins nicht mehr Erreichbare zu entkommen, auch wenn ich bald resigniert erkannte, dass Kinder immer irgendwie eingefangen werden.

Was sollte ich denn machen, sagte meine Mutter viel später, *ich hätte dich einsperren können, und du wärest trotzdem irgendwie aus dem Haus gekommen.* Das will ich doch hoffen.

26

Das will ich hoffen, immer noch, wenn es einmal soweit ist. Kaum eine Vorstellung erfüllt mich mit mehr Panik und größerem Erschrecken als die, eingesperrt zu sein. Der Eingeschlossene hinter der Tür, die zugefallen ist und sich nicht öffnen lässt, weit und breit kein Mensch in Hörweite. Der Entführte, der in einem dunklen Keller gefangen gehalten wird. Die Gefangenen, die im Lager zu zwanzig Personen in einem engen Holzschuppen zusammengepfercht sind. Die Patienten, die aus dem psychiatrischen Labyrinth nicht mehr herausfinden.

Und natürlich die Gefängniszelle. Ein Gefängnis von innen habe ich zum ersten Mal in den achtziger Jahren gesehen, anlässlich einer Lesung in der JVA Willich am Niederrhein. Später kamen die Gefängnisse in Geldern und Werl hinzu, sehr viel später auch das in Ebrach in Oberfranken. Die Zellen von Gefangenen habe ich dabei, mit einer Ausnahme, nie zu Gesicht bekommen, weil die Lesungen in jeweils extra dafür vorgesehenen Räumen stattfanden. Immerhin gab es fünf- oder sechsmal *Umschluss*, bevor dieser Raum jeweils erreicht war, und ebenso oft, bevor ich wieder den Ausgang erreicht hatte und meine Papiere an mich nehmen konnte. Man ist also nicht einmal, sondern vielfach eingeschlossen im Knast, und das eindrücklichste Geräusch in diesen den Hall weit transportierenden Gebäuden ist in der Tat *Das Geräusch der Schlüssel*, wie Philippe Claudel sein großartiges schmales Gefängnisbuch treffsicher genannt hat. Im Original ist es noch ein bisschen treffsicherer, von den *trousseaux* ist da die Rede, den Schlüsselbunden. Schließlich geht kein Vollzugsbeamter mit einem einzelnen Schlüssel durchs Gefängnis, sondern mit einem reich bestückten Schlüsselbund, jeder einzelne Schlüssel ein Baustein der Macht, der Verfügungsgewalt über andere.

So fängt es an: *Das erste Mal, als ich das Gefängnis verließ, konnte ich mich auf dem Bürgersteig nicht sofort bewegen. Ich bin einige Minuten reglos dort stehen geblieben. Ich sagte mir, ich könnte, wenn ich wollte, nach links gehen oder auch nach rechts oder sogar geradeaus, ohne dass jemand etwas daran auszusetzen hätte. Ich sagte mir auch, dass ich, wenn ich wollte, in irgendeiner Kneipe ein Bier, einen Ricard oder auch einen Cappuccino trinken könnte oder…*

Das Gefängnis im Rücken, hat man zunächst kein Vertrauen in die eigene Freiheit, selbst wenn man nur ein paar Stunden besuchsweise dort war und mit hochgebildeten Langzeithäftlingen über Literatur gesprochen hat, von denen einer in der Diskussion wortwörtlich fragte, ob es denn nicht eine *atavistische Hemmschwelle* gebe, einfach so einen Mord oder einen Totschlag zu begehen. Denn *draußen* spürt man hinter sich die Anderen, die beim Umschluss in die andere Richtung gehen, in ihre Zellen zurückkehren müssen. Und was sich dort abspielt, weiß man nicht. *Das Gefängnis,* schreibt Claudel, *ist die Stätte unzähliger ungeschriebener Gesetze, die nie in Frage gestellt, aber immer angewandt werden.* Ich bin überzeugt, dass ich diese Gesetze niemals verstehen und deshalb das Gefängnis nicht überleben würde, wenn es mir nicht gelänge, rechtzeitig zu fliehen.

Dabei ist das Gefängnis kein Niemandsland wie damals etwa das Industriegelände Vollmond und kein schwer zu verortendes Ende der Welt wie der Nordpol. Man kommt dort nicht bei sich selber an, wie das zum Beispiel an einem ruhigen Wochenende in einer fast menschenleeren Kaserne der Fall sein kann. Im Gefängnis gibt es kein Wochenende. Es ist jederzeit ein Kreuzungspunkt verschiedenster Einflüsse von innen und außen, immer lebensgefährlich, und ein Ort schwer durchschaubarer Machtverhältnisse. Benthams Panopticon wurde nicht umsonst ursprünglich für die größere Effizienz von Gefängnissen entwickelt, ehe es auch in anderen Einrichtungen der Disziplinargesellschaft Anwendung fand. Sein charakteristisches Merkmal ist, dass das Auge der Macht, das alles sieht, vom Beobachteten selbst nicht gesehen, sondern nur geahnt werden kann.

Wer eingesperrt ist, kann auch keine Geländeerkundungen der Art betreiben, wie es hier bisher geschehen ist. Souverän lässt sich nur ein Feld erschließen, das man jederzeit auch wieder verlassen kann. Der Blick des Eingesperrten dagegen engt sich auf die Frage ein, welche Möglichkeiten ihm innerhalb seiner Falle noch verbleiben. Die einzige Frage, die diesen Blick transzendiert, heißt: Wie komme ich hier raus?

1989/90 hat mich die Forderung nach *Deutschland einig Vaterland* zwar kalt gelassen, ja befremdet. Den Jubel darüber aber, dass 16 Millionen Menschen plötzlich nicht mehr eingesperrt waren, habe ich sofort verstanden und geteilt.

27

Die Kehrseite des Einsperrens ist schon rein lexikalisch die Aussperrung. Ursprünglich als Kampfmittel der Kapitalisten im Arbeitskampf angewendet, ist sie heute längst ein Mittel der Grenzziehung auf gesamtgesellschaftlicher Ebene geworden, national wie international. Es versteht sich, dass die Grenzziehung in diesem Fall von der Seite der Macht vorgenommen wird, die in der Ära des *homo oeconomicus* zunächst einmal die des großen Geldes ist, dem die politische Macht letztlich nur dient. Der Charakter der Freund-

Feind-Erklärung hat sich seit Carl Schmitts berüchtigter Definition des Politischen verändert. Vielleicht lag auch die heutige Form der Freund-Feind-Erklärung schon immer der Politik zugrunde, trat aber bisher nicht so nackt hervor. Der Feind ist jedenfalls heute nicht mehr primär die andere Rasse, die andere Ideologie, die andere Hautfarbe, auch nicht die andere Religion – der Feind, den man fürchtet wie die Pest, das sind die Armen. Längst gibt es kein schlimmeres Stigma mehr, als kein oder nicht genug Geld zu haben. Nicht bezahlen zu können, ist nicht Unglück oder Ungeschick, es ist ein Verbrechen.

Es ist keine neue Erkenntnis, dass der Abbau der Grenzen zugunsten des Markts zugleich einhergeht mit Grenzziehungen von einer Qualität, auf die die Experten der DDR selig stolz gewesen wären. Die Armen sind offenbar eine furchteinflößende Rasse, wenn man ihnen gegenüber die »Festung Europa« ausbauen und auch jeweils innerstaatlich die Gräben vor der Burg immer tiefer ausschachten muss. Es gibt hier eine Eindeutigkeit des *Drinnen* und *Draußen*, die keineswegs naturwüchsig, sondern gemacht ist, und zwar planmäßig. Sie beruht nicht allein darauf, die Schwachen draußen zu halten, sondern sie möglichst so weit zu schwächen, dass sie den Frieden derer da drinnen nie mehr stören können.

Angefangen hat diese Strategie vielleicht 1979 in Großbritannien mit jener Frau, die vor kurzem (ich schreibe diese Passage im April 2013) gestorben ist, leider dreißig Jahre zu spät und auf dem Weg in die Demenz, also erlöst von der Erinnerung an das Meiste, was sie getan hat. Nämlich den Klassenkrieg von oben neu eröffnet, so entschlossen, dass der Gegner schlecht darauf vorbereitet war. Im Krieg geht es bekanntlich, anders als in der Politik, nicht darum, den

Gegner in Schach zu halten, sondern ihn zu besiegen, zur Kapitulation zu zwingen und gegebenenfalls auch zu vernichten. Darum ging es auch Margaret Thatcher, von ihren Spießgesellen liebevoll Maggie genannt, wenn man in diesem Milieu von Liebe überhaupt sprechen kann. Den Namen »Eiserne Lady«, in dem sie sich selbst so gern gespiegelt sah, hat ihr dagegen schon 1976 Radio Moskau verpasst. Die aufschlussreichste Bezeichnung stammte aber von ihren Landsleuten selbst: *Shopkeeper's daughter*. Das charakterisierte sowohl Thatchers Herkunft als Tochter eines Lebensmittelhändlers (und methodistischen Laienpredigers) wie auch den Geist, in dem sie antrat.

Man erinnert sich vielleicht, dass England einmal das Mutterland der Industrie und damit auch der Arbeiterklasse war. Mancher hat vielleicht noch aus dem ersten Band des einstmals viel gelesenen Buches *Das Kapital*, geschrieben von Karl Marx, das 24. Kapitel im Kopf, eines der besten Stücke der neueren deutschsprachigen Literatur, in dem es um die sogenannte ursprüngliche Akkumulation geht. Was da ursprünglich akkumuliert wird, ist das Kapital selbst, heute auch gern als »scheues Reh« bezeichnet und ehrfürchtig bestaunt, wenn es sich mal zeigt. Den Thatcherismus konnte Marx naturgemäß noch nicht kennen. Dennoch hat er über die ideologische Legendenbildung, auf dem er beruht, schon damals geschrieben. *Diese ursprüngliche Akkumulation spielt in der politischen Ökonomie ungefähr dieselbe Rolle wie der Sündenfall in der Theologie. Adam biss in den Apfel, und damit kam über das Menschengeschlecht die Sünde. Ihr Ursprung wird erklärt, indem er als Anekdote der Vergangenheit erzählt wird. In einer längst verflossnen Zeit gab es eine fleißige, intelligente und vor allem sparsame Auslese und auf der andren faulenzende, ihr alles und mehr verjubelnde Lumpen.*

Die Legende vom theologischen Sündenfall erzählt uns allerdings, wie der Mensch dazu verdammt worden sei, sein Brot im Schweiß seines Angesichts zu essen; die Historie vom ökonomischen Sündenfall aber enthüllt uns, wieso es Leute gibt, die das keineswegs nötig haben. Einerlei. So kam es, dass die ersten Reichtum akkumulierten und die letztren schließlich nichts zu verkaufen hatten als ihre eigne Haut. Und von diesem Sündenfall datiert die Armut der großen Masse, die immer noch, aller Arbeit zum Trotz, nichts zu verkaufen hat als sich selbst, und der Reichtum der wenigen, der fortwährend wächst, obgleich sie längst aufgehört haben zu arbeiten.

Merkwürdig, wie vertraut und frisch diese große Erzählung vom Fleißigen und Sparsamen auch nach fast 150 Jahren und mitten in der Zockerära noch klingt. Nicht nur, dass man sie nach wie vor den Ausgesonderten zur moralischen Belehrung vorhält; die weniger Begünstigten unter denen, die noch nicht ausgesondert sind, scheinen ebenfalls noch immer daran zu glauben, während sie ängstlich nach unten starren, in jene Richtung, in die sie partout nicht wollen. Vielleicht glauben sogar einige von denen, die die eigentlichen Nutznießer solcher Verhältnisse sind, an diese große Erzählung. In den letzten Jahren ist Gier wieder etwas Verpöntes geworden, während man sich in den strahlenden Neunzigern – wo sind die eigentlich geblieben? – noch offen dazu bekennen konnte. Heute hat man Wendungen wie *sanftes* oder sogar *grünes Wachstum* gefunden, um die Maxime des *Enrichissez-vous!* gnädig zu verschleiern und sie zugleich weiter fleißig zu befolgen. Der Bourgeois in all seinen Verpuppungen ist offensichtlich eine sehr überlebensfähige Figur, und seine Wandlungsfähigkeit scheint unbegrenzt. Inzwischen nimmt er unter anderem auch die Gestalt des Weltenretters um fünf vor zwölf an, der zugleich demonstriert, wie man beim Retten der Welt gutes Geld verdienen kann. Und dabei schaut ihm der Bürgerkönig vergangener Zeiten, sei es im Original als Louis Philippe oder sei es in der Kopie als Helmut Kohl, noch immer freundlich nickend über die Schulter. Birne ist mit dir, sagt er.

Bevor es aber zur sanften, bereinigten, gleichsam sauberen Art des Kapitalismus kommen konnte, in dem die lärmend-schmutzige Fabrikhalle weitgehend durch das *Office* ersetzt wurde, musste zunächst ein Krieg geführt werden, mit ideologischen Waffen ebenso wie mit nackter Gewalt. Solche Gewalt braucht der Fortschritt offensichtlich von Zeit zu Zeit, denn *in der wirklichen Geschichte spielen bekanntlich Eroberung, Unterjochung, Raubmord, kurz Gewalt die große Rolle. In der sanften politischen Ökonomie herrschte von jeher die Idylle,* schreibt der schon erwähnte Karl Marx. Margaret Thatcher, Shopkeeper's daughter, hatte beides zu bieten: die idyllische Ideologie, dass jeder seines Glückes Schmied und der Egoismus jedes Einzelnen zum Wohle aller sei, und die absolute Entschlossenheit, den Gegner zu vernichten. Dass sie den Krieg nicht scheute, hatte sie schon 1982 auf den Falkland-Inseln unter Beweis gestellt. Der eigentliche Krieg aber fand von März 1984 bis März 1985 statt, und er wurde von beiden Seiten mit einer Erbitterung geführt, über die man in der damaligen gemäßigten Zone des europäischen Festlands nur den Kopf schütteln konnte.

Es hat gedauert, bis der einjährige britische Bergarbeiterstreik seinen Niederschlag in der britischen Belletristik gefunden hat. Der große multiperspektivische Roman *GB 84* von David Peace etwa ist 2004 erschienen, also zwanzig Jahre danach – für Literatur eine durchaus übliche Distanz – und erst kürzlich ins Deutsche übersetzt worden. Das Kino hat zeitgleich vor allem in Dokumentarfilmen zur berühmten *Battle of Orgreave* vom 18. Juni 1984 und zu Auseinandersetzungen an anderen Orten reagiert, die man nach wie vor bei YouTube abrufen kann. Als Spielfilm ist mir nur Stephen Daldrys *Billy Elliot* (2000) bekannt, der den Streik explizit als Ausgangspunkt nimmt, gleichzeitig aber auch eine Aufsteigergeschichte erzählt, ein Davonkommen, was der Mehrheit der britischen Bergarbeiter natürlich verwehrt geblieben ist. Es mag sein, dass es noch andere Filme zum Streik gegeben hat, zumal das British Cinema für seinen sozialen Instinkt und sein Gespür für solche Stoffe bekannt ist. Vielleicht war die Schlacht, die da geschlagen wurde, aber einfach zu groß, und die Niederlage, die die britische Arbeiterklasse dabei erlitten hat, zu endgültig.

Zeitgleich hat nur die britische Popmusik künstlerisch von den damaligen Kämpfen profitiert. Die Gruppe *Style Council*, bestehend aus Paul Weller und Mick Talbot, machte 1985 ein ganzes Album über die Verwüstung des englischen Nordens mit dem süffisanten Titel *Our Favourite Shop*, und die *Smiths* mit ihrem charismatischen Sänger Morrissey folgten 1986 mit *The Queen is Dead*. Selbst Sting stieg auf seinem Album *The Dream of the Blue Turtles* mit seinem Song *We work the Black Seam* in gewisser Weise in den Klassenkampf ein. Das waren nicht nur Solidaritätsbekundungen (Weller und Talbot gaben sogar Benefizkonzerte für die Bergarbeiter), sondern es war vor allem richtig gute Musik, im Fall der *Smiths* sogar stilbildend.

28

Zu keiner Zeit bin ich so oft in Großbritannien gewesen wie im Thatcher-Jahrzehnt, den achtziger Jahren. Das hat 1979 angefangen, als man als Ausländer noch gar nicht so recht mitbekommen hatte, was Thatcher eigentlich bedeutete, und vielleicht noch ein bisschen von *Swinging London* träumte, insgeheim wohl wissend, dass diese Zeit längst vorbei war. Ein Jahr später, 1980, laufe ich an einem Vormittag im Mai über den Markt von Soho und pfeife in aller Unschuld John Lennons *Working Class Hero* vor mich hin, das Marianne Faithfull ein Jahr zuvor neu interpretiert hatte, was man ihr in England sehr übelnahm, da Marianne Faithfull alles andere als Working Class war. Ich pfeife also dieses Lied vor mich hin, und ein junger Mann, der aus einem Lieferwagen gerade Gemüse auslädt, sieht mich, schüttelt den Kopf und sagt leise: *Oh no, not you!* Ich darf es eben auch nicht singen oder pfeifen, das Lied, denn ich bin auch nicht Working Class, das kann man mir ansehen. Ich begreife das sofort, denn ich weiß wohl, dass sich auf der britischen Insel die Menschen viel stärker durch ihre Klassenzugehörigkeit definieren als in dem soziologisch diffusen Gemisch, das die Bundesrepublik zu dieser Zeit schon ist. Also höre ich auf zu pfeifen. Was allerdings gerade in diesem Land geschieht, verstehe ich noch immer nicht so ganz. Die Aufstände von Brixton im Londoner Süden und von Liverpool-Toxteth werden erst ein Jahr darauf folgen.

Im Übrigen bin ich, aus privaten Gründen, immer im Süden, jedes Jahr, in London, in East Sussex, Dorset, Cornwall, Somerset, am weitesten nördlich mal in Warwickshire, in Stratford-upon-Avon. Ich treibe mich gewissermaßen in der Welt Jane Austens herum, die ihrerseits von den Klassenverhältnissen zwar sehr viel verstand und deren Lektüre unerlässlich ist, wenn man dieses Land, diese Insel wirklich begreifen will, bei der es aber dann schließlich doch immer gut ausgeht.

Deshalb braucht es eine Weile, ungefähr ein halbes Jahrzehnt, bis ich nach und nach verstehe, dass die neue

Regierungschefin keine Konservative ist. Sie möchte im Gegenteil in diesem Land überhaupt nichts konservieren, sie möchte buchstäblich keinen Stein auf dem anderen lassen. Die Bürger des Landes haben das längst kapiert, und während die einen verzweifelt versuchen, ihre Lebensgrundlagen zu verteidigen, folgen die anderen, die Jungen im Süden vor allem, begeistert der Parole *Bereichert euch*, machen Geschäfte und Dienstleistungsunternehmen auf, schnappen sich die besten Brocken vom Ausverkauf des britischen Staates, vulgo Privatisierung, und tragen zur allgemeinen Goldgräberstimmung bei, die in diesen Jahren in dem mir bekannten Teil Englands herrscht. Den anderen Teil, den Norden, kenne ich – allerdings bestens und seit Jahrzehnten – nur aus der Literatur, aus dem Kino, aus der Geschichte der Popmusik.

Auch im Sommer 1984 bin ich im Süden, in diesem Fall in St. Ives in Cornwall, im Talland House, dem ehemaligen Feriensitz der Familie Stephen, deren Tochter Virginia dann als Virginia Woolf in die Literaturgeschichte eingegangen ist. Wir konnten dieses Haus, das seit Virginias Zeiten natürlich umgebaut wurde, günstig mieten. In diesem Sommer 1984 hat der Klassenkampf in England jedoch Ausmaße und eine Heftigkeit angenommen, die die unsichtbare Grenze zwischen Nord und Süd überschritten hat. Was da in den englischen Kohlerevieren geschieht, allen voran South Yorkshire, lässt sich auch hier in einem Ferienhaus in Cornwall nicht mehr ignorieren, wenigstens nicht, wenn man englische Zeitungen liest. In ihnen gibt es tägliche Berichte über die kleinen Scharmützel und großen Gefechte, die da oben im Norden vor sich gehen, während wir am Strand liegen und vielleicht Shrimps mit Mayonnaise essen. Fast täglich bin ich in der Stadtbibliothek von St. Ives, um die

Berichte zu verfolgen. *Bis vor wenigen Jahren,* schreibt Jeremy Seabrook im »Guardian«, *wollten die meisten Bergarbeiter nicht, dass auch ihre Kinder unter Tage arbeiten. Dass sich diese Einstellung geändert hat, mag denen pervers erscheinen, die die einzige Realität nicht kennen, die noch schlimmer ist – Arbeitslosigkeit. Die einzigen Zukunftsmöglichkeiten in den Bergbaugebieten sind unqualifizierte, untergeordnete, unproduktive Arbeiten, Dienstleistungen für die Reichen – oder die Arbeitslosenhilfe. Man kann nicht verlangen, dass die Bergarbeiter den großen Glauben an die heilsamen Kräfte des Marktes haben. Es kann nicht oft genug gesagt werden, dass es diese Alternative ist, um die es in dem gegenwärtigen Kampf geht.*

Es scheint nicht so, im überwiegend freundlichen Sommer 1984, als ob die Mehrheit der nicht unmittelbar am Kampf Beteiligten diese Alternative begreift. Warum auch, das sind Dinge, die da ganz oben vor sich gehen, in entlegenen Gegenden, in die die neue Thatcher-Sonne niemals hineinscheinen wird. Am liebsten würde man gar nichts davon wissen, und deshalb weiß man auch nichts. Allgemein herrscht Empörung, auch eine Art moralischer Entrüstung darüber, dass die *miners* nicht dort bleiben, wohin sie gehören und wo man sie nicht sehen kann: unter der Erde. Und sollten sie ihre Arbeit verlieren, so müssen sie sich eben eine andere suchen. Wer tüchtig ist und schlau, der findet Arbeit und ein gutes Leben, und auch nur der hat es verdient: Das ist Margaret Thatchers Botschaft, seit sie angetreten ist, das ist die Botschaft des englischen Südens, das ist die Botschaft der ökonomischen Vernunft.

Aber müssen unrentable Zechen denn nicht geschlossen werden, ist der Blickwinkel der Bergarbeiter nicht viel zu eng? Wer so weit unten ist, hat ja meistens nicht den rechten Überblick. Führungskräfte wissen das. In der Tat: Die

Bergarbeiter, diejenigen jedenfalls, die den Streik durchhalten und sich von der ökonomischen Vernunft nicht überzeugen lassen, denken nur an sich selber. Der Führer ihrer Gewerkschaft, Arthur Scargill aus Barnsley, der im Jahr 1984 in Großbritannien zur Inkarnation des Bösen wird, sagt das ganz offen: *Die Wahl, vor der unsere Leute stehen, ist ganz einfach. Entweder wir unterwerfen uns, geben auf – oder wir kämpfen um unsere Gemeinden.*

Warum bleiben sie nicht unter der Erde?

Um diese Orte mit den endlosen Reihenhausketten geht es 1984/85, um die Phalanx der Schornsteine, um den Fish-and-Chips-Stand an der Ecke und um das Wettbüro. Nicht aus Sentimentalität, nicht um ein paar folkloristische Bilder aus der hohen Zeit der britischen Industrie zu erhalten, sondern weil man den Menschen, die in diesen Orten leben, sonst ihre Lebensgrundlagen entzieht. Entweder sie erhalten ihre traditionellen Lebensbedingungen, oder sie werden jene

Diener der Reichen, Handlanger und Tagelöhner, die Jeremy Seabrook in seinem Artikel prophezeit hatte.

Oder aber sie gehen einfach unter, wie ihre Städte und Gemeinden. Denn so ist es ja gekommen nach 1985, nach der endgültigen Niederlage. *The Style Council* haben das in ihrem Lied *All gone away* geschildert, einem Song, der abbildet, wie ein Ort stirbt, musikalisch gar nicht schwerblütig und düster (die wichtigste Rolle spielt in dem Lied eine Flöte); eher hat man beim Hören die Vorstellung von Blättern, die vom Wind in der Luft geschaukelt werden und langsam fortfliegen, nur, dass es sich eben um die Häuser eines Bergarbeiterdorfs oder -städtchens handelt. *Der Wind weht, er flüstert durch die Straßen,* singen Paul Weller und Mick Talbot, *er hat freie Bahn, jetzt, wo die Stadt so öde ist, denn wie alles andere ist sie einfach verschwunden. Die Uhr vom Rathaus schlägt viermal, aber niemand ist da, der die Zeit wissen will, denn wie alles andere sind auch die Menschen einfach verschwunden … Von der Zeche hört man ein unheimliches Jammern: Die Geister der Kumpels gehen zur Frühschicht. Und die Zeche verrostet wie ein altes Uhrwerk. Komm,* singen Paul Weller und Mick Talbot am Ende, *lass uns einen Spaziergang machen über die Hügel und uns ansehen, wie der Monetarismus tötet: ganze Gemeinden, ganze Familien, nichts ist übrig, alles ist weg.*

Man kann das freilich für Sozialromantik halten, um eines der Lieblingswörter cleverer Wirtschaftsjournalisten zu gebrauchen. Zunächst einmal ist es aber eine ziemlich präzise Beschreibung dessen, um was es damals, 1984/85 und in den Folgejahren ging: *how monetarism kills.* Das war schließlich auch die Absicht. Mögen auch die Angehörigen der besitzenden Klassen des englischen Südens damals nicht verstanden haben, worum es ging: Ihre Heerführerin, Margaret Thatcher, die Jeanne d'Arc des modernen Kapitals, wusste es sehr wohl. Es ging um die Beseitigung aller Fesseln für das Kapital und um die endgültige Vernichtung der Gegenseite, in diesem besonderen Fall der Bergarbeitergewerkschaft. Thatcher hatte auch den Zeitpunkt des Angriffs sehr klug gewählt, weil die strukturprägende Bedeutung des Bergbaus für die britische Industrie und die Abhängigkeit der Industrie von der Kohle stark zurückgegangen waren. Und wer mittelfristig nicht mehr gebraucht wird, den kann man, wenn man am längeren Hebel sitzt, einfach aushungern.

Der Vorwurf, sie habe die britische Gesellschaft gespalten, hat Margaret Thatcher schon allein wegen ihres berühmtesten Satzes kaltgelassen, geäußert in einem Interview am 31. Oktober 1987: *There is no such thing as society.* Der Satz ist dann grenzübergreifend zum Motto der Achtziger geworden. Heute ist dergleichen asozialer Extremismus unter Politikern weitgehend verpönt, und man schmückt sich wieder mit »weicheren« Themen und Thesen. Man kann dennoch weiterhin nach Thatchers Motto handeln, weil ein zweiter Satz von ihr sich flächendeckend durchgesetzt hat, den sie damals unablässig wiederholte: *There is no alternative.*

Bis heute ist dieser Satz das Mantra der ökonomischen Vernunft und des *homo oeconomicus* geblieben. Mussten denn die unrentablen Zechen in den englischen Kohlerevieren nicht geschlossen werden? Was nicht bezahlbar ist, wird unvernünftig, und man muss Schluss damit machen. Sollte sich herausstellen, dass der gesamte englische Norden unrentabel ist, so muss man eben den englischen Norden schließen. So ist es im Großen und Ganzen auch gekommen, und das ist durchaus vernünftig. *There is no alternative.* Die vielen vernünftigen Leute, die das eingesehen und nachgebetet haben, konnten sich nicht den Kopf darüber zerbrechen, was denn wohl mit den *miners* geschehen sollte, wenn sie ihren Arbeitsplatz einmal verloren hätten. Margaret Thatcher hat dazu allerdings einen Vorschlag gemacht. Wer keine Arbeit habe und in seinem Wohnort oder seiner Region auch keine finde, so schlug sie damals vor, der solle sich doch in den nächsten Zug oder auf sein Fahrrad setzen, durchs Land fahren und nach Arbeit fragen, bis er welche bekomme. Es ist nicht zu bestreiten, dass diese frühe Vision der geheiligten Werte Flexibilität und Mobilität, dieses Bild von drei Millionen Menschen, die trampend oder mit dem Fahrrad auf der Suche nach Arbeit durchs Land ziehen, etwas Romantisches hat. Man sieht sie förmlich abends um ihre Lagerfeuer herumsitzen und ihre Erfahrungen austauschen. Auch darüber haben *The Style Council* auf ihrem Album von 1985 einen schönen und bitterbösen Song mit dem Titel *Homebreakers* gemacht.

Bei den Betroffenen ist Thatchers Vorschlag jedoch auf wenig Gegenliebe gestoßen. Die Wanderungsbewegung im Land hat sich sehr in Grenzen gehalten, genauer, sie hat nicht stattgefunden. Die Bergarbeiter sind halsstarrig, engstirnig und uneinsichtig geblieben, und schließlich haben sie verloren.

Das T-Shirt mit dem Aufdruck *I STILL HATE THATCHER* kann man übrigens noch immer bei verschiedenen britischen Herstellern wie *Socialist Productions* oder *redmolotov* und in verschiedener Ausführung erwerben. Der Preis liegt zwischen 10 und 15 britischen Pfund plus Versandkosten.

29

Der Streik von 1984/85 hat äußerst skurrile Bilder geliefert, so etwa das vom Gewerkschaftsführer Arthur Scargill, der höchst komfortabel im Jaguar (Dienstwagen) zu den umkämpften Zechen fährt. 1985, nach dem Ende des Streiks, habe ich South Yorkshire besucht und im Ort Kiveton Park nahe Sheffield die von widerständigen Aufwallungen begleitete achselzuckende Resignation miterlebt, die die Niederlage in den Bergarbeiterfamilien hinterlassen hat, obwohl dort die Zeche vorerst noch weiterarbeitete. Ich habe im *Wales Social Club* (Wales ist ein Nachbarort von Kiveton), einem Arbeiterklub, der Brandrede des Labour-Abgeordneten Dennis Skinner gelauscht, damals der persönliche Schrecken Margaret Thatchers und mehrfach wegen unziemlicher Reden der Sitzungen des Unterhauses verwiesen. Skinner war früher selbst Bergarbeiter, und er ist auch zu seinem Vortrag, zu dem der Klub ihn eingeladen hat und für den die Mitglieder des Klubs Eintritt zahlen müssen, nicht mit dem Jaguar vorgefahren. Skinner weiß, wie er seine Zuhörer mitreißt. Als er zum ersten Mal ins Parlament gewählt wurde, erzählt er an diesem Abend, hat ihm sein Vater gesagt: *Das Parlament unterscheidet sich nicht von der Zeche, Dennis. Egal, wo du arbeitest: Zuerst siehst du dir den Arbeitsplatz an und findest heraus, wer der Boss ist; dann findest du heraus, was faul an ihm ist und wo er Dreck am Stecken hat, und dann versuchst du, den Bastard loszuwerden.* Das ist aggressiv und witzig, und die Leute im *Wales Social Club* hören Skinner gern zu. Sie erfreuen sich an seinem Auftritt, an seinen sarkastischen Formulierungen, an der nachgeschobenen Pointe, an der ganzen Show, denn natürlich ist Skinner an diesem Abend genauso auf der Bühne wie im Parlament. Während sie zuhören und Beifall klatschen, feiern die Leute aus Kiveton und Wales und den anderen Gemeinden auch sich selbst, denn das ehrenwerte Mitglied des Unterhauses Dennis Skinner hat mit ihnen das eine gemeinsam, *dass er keine Vorschläge zu machen hat und nicht nach Lösungen sucht.* Er zerbricht sich nicht den Kopf der anderen Seite, und das ist es, was den Leuten im Klub an diesem Abend gefällt, bevor sie wieder ein Stockwerk tiefer gehen, einen *pint* trinken oder Bingo spielen.

Um diese Orte geht es

In der Tat gibt es überhaupt keinen Grund, die *miners* von 1984/85 oder eine mythische Größe namens *die englische Arbeiterklasse* zu glorifizieren. Vielmehr ist es genau so, wie es Oscar Wilde in seinem bemerkenswerten Aufsatz *The Soul of Man Under Socialism* geschrieben hat: *Die Reichen sind als Klasse besser als die Armen, sie sind sittlicher, geistiger, besser erzogen.* Und bei den Armen *fehlt jede Grazie, jede Anmut der Rede, jegliche Zivilisation oder Kultur, jede Ver-*

feinerung der Genüsse und jede Lebensfreude. Das ist wohl so. Die *englische Arbeiterklasse,* die nach der erfolgreichen Thatcher-Revolution und ihrer entschlossenen Fortführung durch Tony Blair inzwischen verschwunden ist, war zutiefst konservativ, ungebildet, an der Welt außerhalb des eigenen Umkreises völlig desinteressiert und tendenziell chauvinistisch, nationalistisch, fremdenfeindlich und rassistisch. Sie glaubte nicht an Programme zur Verbesserung der Welt und der menschlichen Gattung, sie wollte nicht eine höhere Stufe der kulturellen oder zivilisatorischen Entwicklung erreichen, nicht für sich selbst und schon gar nicht für die ganze Menschheit. Sie glaubte deshalb auch nie ans Kommunistische Manifest. Aber die Analysen des Kapitalismus, die Karl Marx aus Trier vorgenommen hatte, hatte sie sehr wohl verstanden, auch wenn die meisten ihrer Angehörigen sie wohl kaum gelesen hatten. Sie begriff, was ein Antagonismus ist, weil sie es am eigenen Leib erfuhr.

Noch mehr: Sie verstand auch, was eine *Aporie* ist, auch wenn kaum einer ihrer Angehörigen jemals etwas mit diesem Wort anzufangen gewusst hätte. Die *miners* wussten vermutlich von Anfang an, dass sie sich in einer Situation befanden, für die es keine Lösungen gab und der man nicht mit vernünftigen Vorschlägen kommen konnte. Sie wussten, dass die Vernunft, die *Ratio,* aus dem Werkzeugkasten der anderen Seite stammte. Deshalb fühlten sie sich nicht bemüßigt, nach Lösungen zu suchen und Vorschläge zu machen. Sie verstanden sehr gut – und Scargill sprach es auch aus –, dass es in diesem Kampf um Entindustrialisierung ging, um die Umwandlung des britischen Industriekapitalismus in einen Finanzkapitalismus, um eine neue »ursprüngliche« Akkumulation: ein Prozess, der bekanntlich überaus erfolgreich war. Der Anteil der Industrie am britischen Bruttoinlandsprodukt ist heute marginal. Das Land, genauer gesagt die Großregion London, lebt von der Finanzwirtschaft, und wer an deren Segnungen nicht teilhat, gehört tendenziell zu jenen *überflüssigen* Menschen, deren Zahl jährlich weltweit wächst. Vermutlich wussten die *miners* aus Kiveton Park schon damals, an jenem Abend im *Wales Social Club* bei Dennis Skinners Rede, dass man heute nicht mehr herausfinden kann, wer der Boss ist, um diesen Bastard dann loszuwerden. Oder dass es nichts mehr nützt, diesen Bastard loszuwerden.

Die radikalen englischen Arbeiter, schrieb Karl-Heinz Bohrer 1975, *scheinen genau das zu praktizieren, was kontinentale Intellektuelle mit einer verschlüsselten Ideologie so lange gefordert haben: Widerstand gegen die unmenschlichen Bedingungen des »Systems«. Und wenn es nur um die Entlassung eines einzigen Mannes geht! Das ist weniger Ideologie als Charakter.* Diese Radikalität basierte in der Tat nicht auf Ideologien und umfassenden Programmen. Ihr lag nicht der Entwurf einer kommenden Gesellschaft zugrunde. Sie entsprang der hartnäckigen Weigerung, bestimmte Bedingungen des Systems, die eine angeblich für alle gültige ökonomische Vernunft setzt, zu akzeptieren. Dieser Vernunft setzten sie keine andere entgegen, sondern nur ihre Weigerung. Zukunftsentwürfe interessierten sie nicht. Grüne Paradiese wären ihnen ein Gräuel gewesen.

Störrische Kinder aber werden bestraft. Ich bin seit dem Ende der achtziger Jahre nicht mehr im englischen Norden gewesen. Manchester, so habe ich noch sehen können, hat nach dem Ende der Industrie den sogenannten *Strukturwandel* geschafft. Ansonsten konzentrieren sich in der ganzen Region dem Vernehmen nach vor allem die Einkaufsparadiese und die Callcenter. Dort arbeiten heute die Kinder und Kindeskinder der Radikalen von 1984. Oder sie arbeiten nicht, weil sie nicht einmal dort mehr eine Stelle finden. Sie leben in einem Niemandsland, das keineswegs ein Synonym für Freiheit ist, denn es wird aus der Ferne regiert und kontrolliert, aus London und anderswo, vielleicht sogar aus Singapur oder Shanghai.

30

Das wahre Niemandsland dagegen ist immer ein herrschaftsfreies Territorium, oder wenigstens eines, in dem die Strukturen so unübersichtlich sind, dass sie sich nicht als Herrschaftsverhältnisse abbilden. Ein Niemandsland war der Schrottplatz auf dem Industriegelände Vollmond. Zwar war er vordergründig das Reich des Schrotthändlers, aber man hat gesehen, welche Freiheit der Besucher hatte, in diesem Fall ich, eine Freiheit, die direkt in den Schlamm führte. Welche Freiheit, unterzutauchen!

Niemandsland: Das Loch unter dem Bahndamm in Northeim, der winzige Kriechgang. Niemandsland: die Siedlung Rødbyhavn 1968, diese Tankstelle, der Kiosk, die Ankunftshalle, auch und gerade, wenn diese Stelle der Ort eines geordneten Grenzübergangs war, denn das Niemandsland ist immer transitorisch. Der Mensch, der sich im Niemandsland bewegt, ist immer nur ein vorübergehender Nutzer dieses Territoriums, darf sich aber, solange er sich dort aufhält, als sein König fühlen, unter Umständen im Verein mit all den anderen Königen, die auch gerade da sind. Ein Land, das niemandem gehört, gehört naturgemäß allen, es ist Allmende.

Niemandsländer: Bahnhofs- und Flughafenhallen (ungeachtet der Tatsache, dass sie einem strengen Reglement, einem ausgefeilten Überwachungssystem und zuweilen auch klar geregelten Ausschlussmechanismen unterliegen). Auch den Supermarkt könnte man dazurechnen, insofern er für seinen Besucher ein transitorischer Ort ist, bei dem die Verweildauer eine halbe Stunde selten überschreitet. Manchmal kommt dabei sogar ein schöner, kleiner Roman wie David Wagners *Vier Äpfel* heraus. Dann ein bestimmter Typus von Restaurant, das auf schnellen Umschlag konzipiert ist, in dem man sich aber unkontrolliert unter Umständen stundenlang aufhalten kann, wie etwa die Autobahnraststätte oder das legendäre Aschinger am Zoo (genau gesagt an der Joachimsthaler / Ecke Hardenbergstraße), das mir in meinen ersten beiden Semestern in Westberlin noch eine Zuflucht war. Schließlich ist das Niemandsland kein Ort des Ausschlusses, wie man bei diesem Begriff zunächst annehmen sollte, sondern ganz im Gegenteil ein temporärer Schutzraum.

Eines seiner Inbilder ist die Hotellobby. Edward Hopper, der bei uns seit den frühen achtziger Jahren entdeckt und dessen Bildfundus inzwischen für zahllose Buchcover geplündert wurde, war ein Maler solcher klassischen Niemandsländer. In den Interpretationen, die die Kunsthistoriker und Journalisten seitdem getreulich voneinander abgeschrieben und weitergereicht haben, wird Hopper immer wieder als Maler der gestörten zwischenmenschlichen Beziehungen, der Isolation und Einsamkeit vorgestellt. Wie immer bei der Kunst lässt sich sagen: Man kann das so sehen. Ich möchte aber eine andere, viel optimistischere Interpretation vorschlagen und halte sie für ebenso legitim. Hoppers Männer und Frauen, die allein und für sich in Hotelzimmern, Hotellobbys, Zugabteilen, Schnellrestaurants oder an der Theke herumsitzen – wie auf dem berühmten Bild *Nighthawks*, das oft nur in einer die Straße ausblendenden Teilansicht reproduziert wurde –, Hoppers Figuren also kann man ebenso gut auch als Menschen betrachten, die in diesen Momenten durchaus *bei sich* sind, und zwar gerade deshalb, weil sie sich auf exterritorialem Gebiet befinden, auf einem Gelände, das ihnen nicht gehört und auch all den anderen nicht, die auf diesen Bildern zu sehen sind, und in dem sie sich nur vorübergehend aufhalten werden. Solange sie sich aber dort aufhalten, ist es ihr Gelände, dessen Souverän sie umso mehr sind, wie sie es mit anderen Bewohnern teilen können, ihrerseits allesamt Souveräne. Das Niemandsland ist kein Sperrgebiet, sondern zeichnet sich schon lexikalisch dadurch aus, dass es niemandem gehört und allen offen steht.

31

Das schönste Buch über das Niemandsland hat Emmanuel Bove geschrieben, und Peter Handke hat es ins Deutsche übersetzt. Ich habe es weiter oben schon Boves »Buch des Glücks« genannt. Es heißt *Bécon-les-Bruyères* und ist 1927 erschienen, zuerst in der Zeitschrift *Europe* und wenige Monate danach im Verlag Emile-Paul Frères in der Reihe *Portraits de la France*, in der andere Autoren zum Beispiel über Toulon-sur-Mer, Rouen oder Bayonne schrieben. Boves Portrait eines Nicht-Ortes in dieser ruhmreichen Reihe löste bei manchen Lesern damals übrigens Protest aus. Wie konnte man etwas so Banales, ein solches Nichts von einem Ort auf eine Stufe mit Bordeaux, Marseille oder Nancy stellen?

Denn Bécon-les-Bruyères ist in der Tat ein Nicht-Ort im Wortsinn. Es ist kaum mehr als ein Bahnhof, so wie damals, in der Morgenröte des Sommers 1968, Rødbyhavn kaum mehr als ein Fähranleger war. Der Reisende, der auf diesem Bahnhof ankommt, wird unterrichtet, schreibt Bove, *dass er am Ausgang zur Rechten sich in Richtung Asnières, zur Linken aber Richtung Courbevoie finden wird.* Und: *Beim Weggehen vom Bahnhof, wo dann keine Aufschrift und kein Zeichen einem sagen, wo man sich befindet, bewegt man sich, indem man sich immer neu wiederholt: »Ich bin doch in Bécon-les-Bruyères.«*

Aber der Ort, nein schon der Bahnhof gehört zur Gemeinde Courbevoie, liegt aber auch, wie *Wikimapia* verrät, *à proximité immédiate de deux autres communes*, also in unmittelbarer Nähe zweier anderer Gemeinden, nämlich Asnières-sur-Seine und Bois-Colombes. Mit einem Wort, man kann offensichtlich in Bécon-les-Bruyères ankommen, ja man muss es sogar, wenn man mit dem Zug fährt, man kann sich aber eigentlich nicht darin aufhalten, deshalb dieses erstaunte *Ich bin doch in Bécon-les-Bruyères,* sobald man den Bahnhof verlässt und sich in den Straßen bewegt. Denn Straßen, Häuser, Plätze, Cafés, Bäckereien gibt es hier wie in jeder anderen Pariser Vorstadtgemeinde, und dieses Niemandsland ist unzweifelhaft bewohnt. Sogar Bove selbst hat das Kunststück fertiggebracht, dort zu wohnen, und zwar von Herbst 1926 bis zum Sommer 1927. Ein solcher Zeitabschnitt ist kurz genug, um nach wie vor einen Blick von außen auf den Ort zu werfen, den Blick des Fremden also – davon abgesehen, dass Bove sein Leben lang und überall ein Fremder war –, und er ist gerade lang genug, um zugleich von innen über dieses Niemandsland zu erzählen. Und kaum dort angekommen, gibt es *kein Bedürfnis mehr, sich über all diese Leute lustig zu machen, die Kummer und Freuden haben, über all diese Häuser, deren Türen und Fenster sich öffnen lassen wie auch anderswo …* Bove stellt fest, dass die Umgangsformen dieser Vorstädter feiner sind als die in Paris, und er findet es zum Staunen, wie die Fremden es immer wieder schaffen, *das Zentrum einer Stadt zu entdecken –*

selbst hier in diesem Niemandsland, wo das Zentrum der Stadt nichts anderes ist als der Bahnhof.

Die Fahrt von der Pariser Gare Saint-Lazare, an der Grenze vom achten zum neunten Arrondissement, bis nach Bécon dauert sieben Minuten; wenn der Zug den Zwischenhalt in Asnières nimmt, drei oder vier Minuten länger. Der Reisende hat also eigentlich nicht genug Zeit, um den Wechsel aus dem Pariser Zentrum in einen Vorort zu vollziehen. Deshalb: *Wenn die Leute von Bécon dem elektrischen Zug entsteigen, fühlen sie sich unter dem Hallendach der Gare Saint-Lazare noch ganz zu Hause.* Sie sind gewissermaßen noch bei dem Kiosk, an dem sie eine Zeitschrift gekauft haben, oder beim Blumenstand, wenn sie unversehens in ihren Wohnort zurückgekehrt sind. Sie bewegen sich noch im Schatten des mächtigen – zweitgrößten – Pariser Bahnhofs, wenn sie nach Hause gehen, und wenn sie am nächsten Morgen vielleicht wieder dorthin fahren, weil sie in Paris arbeiten, dann erscheint ihnen der Weg von zu Hause nach Paris immer kürzer als abends der Weg nach Bécon zurück. Aber sieben Minuten bleiben »objektiv« natürlich sieben Minuten, ein verschwindendes Stückchen Zeit, ausgenommen, in diesem Zeitraum passierte eine Katastrophe, die die sieben Minuten in ein Vorher und ein Nachher dehnen würde.

Für Katastrophen aber, wenn man Boves Vorortporträt liest, ist Bécon nicht der rechte Ort. Auch Revolutionen könnten dort nicht stattfinden. *Es gibt Örtlichkeiten rund um die großen Städte, wo, sooft man da herumgeht, sich der unwillkürliche Gedanke einstellt, dass sie, würde die Revolution ausbrechen, genauso friedlich bleiben … Und der Bewohner von Bécon fühlt sich geborgen bei dem Gedanken an alle die Viertel, an alle die Vorstädte, die es gibt, und ist schließlich überzeugt, dass die Wahrscheinlichkeit eines Marsches auf*

Bécon-les-Bruyères geringer als ein Zehntausendstel ist. Es müsste wirklich mit dem Teufel zugehen, wenn der Aufruhr sich gerade diese seine Stadt zum Ziel nähme. Niemandsländer sind offenbar keine Orte für Revolutionen, selbst dann nicht, wenn sie nur sieben Zugminuten von der historischen Hauptstadt der Revolutionen entfernt liegen.

Für Katastrophen nicht der rechte Ort

Bécon-les-Bruyères hat keine Umgebung. Dort, wo diese anfangen sollte, findet man sich schon in einer anderen Gemeinde … Man versteht: Dieses Niemandsland ist scharf umrissen, es kann nicht ausfransen, es ist eine *Insel, die nicht wachsen kann,* und Bove schließt nicht aus, dass diese Insel eines Tages verschwindet. Nicht weit von dieser Insel fließt die Seine, *ein paar Gehminuten vom Bahnhof,* aber Bécon liegt nicht an der Seine, nicht *sur Seine*, diese Auszeichnung ist Asnières vorbehalten. Dennoch findet sich nach Bove auch an der Seine bei Bécon jener *Bereich dieser hinfälligen Dinge*, die das Kennzeichen der Grenzen, der Randgebiete, der Niemandsländer sind, als würden sie sich dort sammeln, *dieser Dinge, die einst neu waren, die man in seinen Garten hätte schaffen können, mit denen man seine Hauswände hätte verstärken können. Vor einer dieser Maschinen fragt man sich jetzt, ähnlich wie vor dem allerältesten Automobil, ob man es für zwei Francs kaufen würde.* Wir sind also im Bereich des Verrottenden, des Weggeworfenen angekommen, der Dinge, die ihres Verfalls harren, die ihrem endgültigen Tod entgegenschlafen.

Bécon selbst aber, dieser zwischen zwei Gemeinden anderen Namens eingezwängte Nicht-Ort, *Bécon-les-Bruyères ist nicht ohne Vergnügungen*, wie es eingangs des letzten Kapitels von Boves Ortsporträt heißt, das, daran sei noch einmal erinnert, immerhin in der Reihe *Portraits de la France* erschien. Auch als ich dorthin gefahren bin, an einem meiner letzten Pariser Sonntage, im Juni 1999, war Bécon nicht ohne Vergnügungen, im Gegenteil. Ich habe den Zug an der Gare Saint-Lazare mit Herzklopfen betreten, daran erinnere ich mich. Boves bezaubernden Text im Gedächtnis, auch wenn ich ihn nicht unmittelbar vorher noch einmal gelesen hatte, fürchtete ich, seinen Zauber zu zerstören, indem ich den Nicht-Ort, der seit fast einem Jahr praktisch »vor meiner Haustür« lag, persönlich aufsuchte.

Als ich dort ankam, früher Nachmittag, fand in Courbevoie wie in Asnières eine Art örtlicher Karneval statt, mit Musikkapellen aus allen Ländern und geschminkten Frauen und Kindern am Straßenrand. Von Emmanuel Bove hat vermutlich noch keiner der Feiernden etwas gehört, dachte ich damals und ärgere mich heute über diese anmaßende Vermutung, die völlig aus der Luft gegriffen ist. Jedenfalls stellte ich mich auch eine Weile an den Straßenrand und sah die Kapellen vorbeiziehen. Danach streifte ich eine Weile durch den Doppelort und dachte auch: »Ich bin doch in Bécon-les-Bruyères!«, um mich meiner Anwesenheit an diesem Ort der Weltliteratur zu vergewissern, ja sie zu beschwören. Wir müssen uns die Bewohner dieses Niemandslandes als glückliche Menschen vorstellen.

Dann fahre ich die sieben Minuten zurück zur Gare Saint-Lazare und laufe den ganzen Weg von dort »nach Hause« zurück, durch eine Stadt im dösenden Zustand, eine Stadt, die auf den Abend wartet. Auch in Paris sind Sonntagnachmittage langweilig wie überall.

Bei dieser Wiederankunft in der Stadt, deren Grenzen ich in den vergangenen elf Monaten nur äußerst selten verlassen habe, begreife ich endgültig, dass ich mich dem System Paris am gelungensten immer vom Rand aus genähert habe. Bei der Rückkehr aus Vororten, beim Wiederauftauchen aus Metroschächten, bei der Heimkehr von Besuchen in Deutschland. Es schien mir, als ließe sich dieses Reich der Zeichen so am leichtesten entziffern, nicht durch Eindringen, sondern durch flüchtiges Streifen. Deshalb ist der Marais, in dem ich wohnte, ein blinder Fleck geblieben, bekannt, langweilig, aufdringlich und viel zu nah. Um ihn herum aber versammelte sich wunderbares Gelände: Ortsnamen, Namen überhaupt, vertraut seit über dreißig Jahren und dennoch völlig fremd. An den Rändern, in den Niemandsländern, lauerte ein Glück, das ich, selbst wenn ich gewollt hätte, mit niemandem hätte teilen können.

32

Das Gegenbild des Niemandslandes? Das ist die *gated community*, die mittlerweile selbst bei uns in Deutschland Konjunktur hat, wo wir doch sonst immer gern ein wenig hinterherhinken. In ihr schützen sich gerade diejenigen vor dem Rest der Welt, welche an der neuen Grenzenlosigkeit, die unter dem Begriff Globalisierung läuft, am meisten verdient haben. Und sie schützen sich vor Gefahren, die in der Mehrzahl imaginär sind. Denn die Anderen, die Mehrheit der Normalen, *die da unten*, haben weder die Kraft noch die Mittel, um die Globalisierungssieger wirksam zu bedrohen. Und die echten Kriminellen, die es könnten, leben selbst in *gated communities.*

Auch hier ist übrigens wieder mal der Krieg der Vater vieler Dinge. Der Prototyp dieser Form der geschützten, der verriegelten und verrammelten Existenz ist der Bunker. Während aber der ehemalige Atombunker der Bundesregierung im Ahrtal – offiziell der *Ausweichsitz der Verfassungsorgane des Bundes im Krisen- und Verteidigungsfall* – heute nur noch teilweise erhalten ist und als Museum dient (offizieller Name: *Dokumentationsstätte Regierungsbunker*), während der Führerbunker vollständig abgetragen ist und sein Nachbau nur noch als Filmkulisse für einen brüllenden Bruno Ganz dient, leben die Superreichen offenbar im permanenten Kriegszustand. Dass es sich dort durchaus angenehm leben lässt, wissen wir von den Warlords mehrerer Kontinente.

33

Ein schönes Niemandsland war in seinen Anfängen der Kölner Mediapark, zehn Minuten fußläufig von meiner letzten Kölner Wohnung entfernt. Errichtet wurde er auf dem Gelände des einstmals zentralen Güterbahnhofs, Köln-Gereon, benannt nach dem Gereonsviertel, dieses wiederum nach der Gereonskirche getauft. In Köln entkommt man bei topografischen Benennungen niemals endgültig den Fängen des katholischen Klerus. Der Bahnhof wurde im Mai 1990 außer Betrieb genommen. Schon zwei Jahre vorher hatte ein Architekt die Planungen für die künftige Nutzung des Geländes entworfen, das immerhin rund 200 000 Quadratmeter groß war. Unglücklicherweise schwebte ihm als Vorbild fürs Ganze die Piazza del Campo in Siena vor, um die sich nach und nach die Gebäude der Medienwirtschaft gruppieren sollten. Das erste Gebäude, das errichtet wurde, war der *Cinedom*, ein Kinokomplex also, der nicht gerade eine Innovation auf dem Gebiet der Medienwirtschaft darstellte. Aber damals war der Medienhype in Köln groß, an jeder dritten Ecke wurde gerade für irgendeine Soap-Opera gedreht, und selbst schlecht bezahlte Kabelträger waren ungeheuer wichtige Leute.

Glücklicherweise zog sich die Bautätigkeit im Mediapark über mehr als ein Jahrzehnt hin, weil für jeden Gebäudekomplex neue Investoren gewonnen werden mussten und zumindest eine Investorenpleite zunächst mal eine Ruine hinterließ. Auch an anderen Baustellen ging es langsam voran. Zugleich siedelten sich schon die ersten Medienfirmen an, unter ihnen Viva, Eins Live (WDR) und Radio Köln, von denen nur noch Letzteres hier verblieben ist. Auch das Kölner Literaturhaus fand nach seiner Gründung hier einen temporären Unterschlupf. Doch jahrelang, selbst noch in den späten neunziger Jahren, war das Gelände auch Baustelle, zuweilen eine Baustelle, auf der es nicht weiterging, und zwischen den einzelnen Gebäudekomplexen gab es noch große Lücken und zum Teil unwegsames Gelände, voller möglicher Verstecke.

Wir machten Fotos und ergriffen die Flucht

In meinem letzten Kölner Jahr streifte ich fast jeden Tag über dieses Gelände und beobachtete das Kriechen des Fortschritts. Es gab ein bisschen Gastronomie, und man konnte sich zwischendurch bei einem Kaffee ausruhen. Zuweilen war der Eingang zum Viva-Haus versperrt beziehungsweise auf die Breite eines Korridors verengt, weil Boy Groups erwartet wurden und Horden von Mädchen das Gebäude belagerten. Am nördlichen Rand stieg das Gelände an, und die dort aufgeworfenen Erdhaufen strahlten in der Dämmerung eine schöne Düsterkeit aus. Anderswo schlossen sich neue Wohnkomplexe an, in deren einem zu wohnen ich mir damals durchaus vorstellen konnte.

Vor wenigen Wochen habe ich mir erstmals das fertige Gelände angesehen. Als fertig gilt es seit 2003. Die Gewichte haben sich etwas verschoben, die Medienwirtschaft dominiert nicht mehr in dem Ausmaß wie zu Beginn, auch wenn es nach wie vor Firmen gibt wie die Network Movie Film- und Fernsehproduktion, die im gleichen Haus sitzt wie die Allgemeine Deutsche Steuerberatungsgesellschaft und eine auf Medizinrecht spezialisierte Anwaltskanzlei. Die *Kreativwirtschaft*, was immer das sein mag, spiele immer noch eine große Rolle, hat der Geschäftsführer der Mediapark-Entwicklungsgesellschaft, Herr Kock, dem *Kölner Stadt-Anzeiger* am 24. Juni 2013 mitgeteilt.

Sabine und ich waren einen guten Monat nach diesem Interview auf dem Gelände, das ich viele Jahre nicht mehr gesehen hatte, an einem grau-schwülen, zuweilen auch sonnigen Sommertag. Zwischen den gläsernen Türmen und Klötzen saßen in der Mittagszeit bevorzugt erschöpft wirkende Anzugsträger vor ihrem Essen und ihrer Cola, und in den schmalen Gängen zwischen den einzelnen Gebäudekomplexen machten junge Mitarbeiter Rauchpause. Alles war gepflastert. Von Mädchenhorden keine Spur mehr. Die Erdhaufen von einst waren einer ordentlichen Begrünung gewichen, in der einzelne Angestellte die ihnen zugemessene Erholungszeit zubrachten. Es war, als wär's in der bleiernen Zeit. Der Park war *fertig*, kein Zweifel, und einen Moment lang hatte ich Sehnsucht nicht nach einem Zentrum der Kreativ-, sondern der Finanzwirtschaft, nach den Türmen, zugigen Korridoren und Baustellen des Frankfurter

Bankenviertels nämlich, das hoffentlich niemals ganz fertig werden wird. In Köln machten wir Fotos und ergriffen dann die Flucht.

34

Am ostfriesischen Dollart, einer Meeresbucht nahe der Emsmündung, im Rheiderland also, gibt es eine künstliche Landzunge, die das beliebteste Niemandsland der Region ist. Diese Landzunge liegt bei Dyksterhusen, das seinerseits ein Ortsteil von Pogum ist. Schon solche Namen deuten auf Grenzerfahrungen. Pogum trägt dementsprechend den stolzen Beinamen *Endje van de Wereld*, Ende der Welt.

Man kann diese Landzunge über einen schmalen Weg mit dem Auto erreichen. Es handelt sich um eine aufgeschüttete Plattform, von der aus 1964 Probebohrungen nach Erdgas durchgeführt wurden. Das Ergebnis der Bohrungen war allerdings nicht vielversprechend genug, um das Projekt fortzusetzen. Wie viele verlassene Gelände, wurde auch diese Bohrinsel nach und nach nicht so sehr in Besitz genommen, als vielmehr auf vielfältigste Weise genutzt. Man kann von ihr zur Bucht hinabsteigen und baden, auch surfen, immer vorausgesetzt, es ist nicht gerade Ebbe. Man kann dort auch Picknick halten, wenn man möchte. Man kann oben auf der Plattform umhergehen und nach Emden und Delfzijl hinüberblicken, oder man kann einfach im Auto sitzen bleiben, wie es in der Dämmerung und Dunkelheit die Liebespaare tun. In einem gut ausgerüsteten Bully könnte man an dieser exponierten Stelle sicher auch übernachten. Um 22 Uhr fährt allerdings die Polizei vor, denn für den Platz besteht ein Nachtparkverbot. Das heißt jedoch nichts, denn irgendwann ist die Polizei auch wieder weg.

Große Teile des Strands und das strandnahe Gewässer sind das Siedlungsgebiet von Wasservögeln: Brachvögel, Wasserläufer und andere; außerdem überwintern am Dollart jedes Jahr Zehntausende von arktischen Zugvögeln,

Hier wurde das Kapital nicht fündig

insbesondere Gänse. Die Atmosphäre auf der Bohrinsel ist in der Regel entspannt. Einzelne, Paare und kleine Gruppen sind hier unterwegs, fotografieren oder sehen einfach nur durchs Fernglas, hocken auf einem mitgebrachten Klappstuhl, lassen die Beine aus dem Auto baumeln, steigen zum Wasser hinab, trinken Sekt und beobachten das auflaufende oder ablaufende Wasser, testen die Wassertemperatur oder halten ihre Kleinkinder beim Gang durch den Schlick an der Hand, oder sie liegen einfach nur am Wasser und schlafen. Die Rufe der Vögel, die in diesem Gebiet selbstverständlich unter strengem Schutz stehen, erreichen immer nur wie durch einen Schalldämpfer das Ohr, auch wenn sie vielleicht in Wahrheit sehr laut sind. Gedämpft, gefiltert erscheint hier alles, und niemand macht dem anderen das Terrain streitig. So jedenfalls ist es gewesen, so oft ich dort war. Angeblich sollen auf der Bohrinsel auch schon Partys gefeiert worden sein, aber das interessiert mich nicht.

Diese friedliche, entspannte Nutzung ist selbstverständlich nur möglich geworden, weil das Kapital nach kurzer Prüfung das Terrain für unergiebig hielt und wieder verließ. Ansonsten vernichtet der Kapitalismus naturgemäß nach und nach alle Niemandsländer, alle herrschaftsfreien Zonen und jegliche terra incognita. Er überwindet auch mühelos alle Grenzen, wie man schon 1847 im Kommunistischen Manifest nachlesen konnte. Lange Zeit hat man das für einen Segen gehalten, auch die Verfasser des Manifests selbst. *Überhaupt*, um hier den berühmten Satz von Nestroy anzuführen, *hat der Fortschritt das an sich, dass er viel größer ausschaut, als er wirklich ist.*

35

Flaubert berichtet 1853 in einem Brief an Louise Colet von seiner Köchin, 25 Jahre alt, die nicht weiß, dass Louis-Philippe seit fünf Jahren nicht mehr König ist und man seither in einer Republik lebt. Nach ihren eigenen Worten interessiert sie das auch nicht. Flaubert: »Und ich halte mich für einen intelligenten Mann! Aber ich bin nichts als ein dreifacher Idiot. Wie diese Frau, so muss man sein.«

Von Flauberts Lob der heiligen Unwissenheit mag man denken, was man will; auf jeden Fall passt es zu einem Autor, der, ebenfalls an Louise Colet, schrieb: »Von der ganzen

Politik verstehe ich nur eins: den Aufstand.« Interessant ist an dieser Geschichte vor allem, wie sich jemand sein Niemandsland schaffen kann, indem er – oder in diesem Fall sie – einfach nicht »auf der Höhe der Zeit« ist. Die berühmtesten Beispiele dafür waren jene vereinzelten japanischen Soldaten, die 1945 von der Kapitulation Japans nichts erfahren hatten und dann noch Jahrzehnte auf irgendwelchen Inseln des Pazifiks im Dschungel ausharrten. Diese Soldaten erfuhren nach ihrer Entdeckung keinen Spott in Japan, sondern im Gegenteil wegen ihres Heroismus hohes Lob, ja Verehrung.

Bei uns, muss ich resigniert feststellen, sind solche Geschichten aufgrund der landschaftlichen Gegebenheiten und der dichten Besiedlung des Landes leider nicht möglich. Zu meinen Lieblingsphantasien gehört es, irgendwo in einem vergessenen kleinen Stück entlang der gewesenen innerdeutschen Grenze harre ein kleiner Trupp von DDR-Grenzern aus, unberührt von den weltgeschichtlichen Ereignissen um ihn herum. Den Anführer nennen wir den *Major* (ich habe keine Ahnung, welche Funktionsstellen in der Nationalen Volksarmee mit welchen Diensträngen besetzt waren, aber hier ist ohnehin von Kunstfiguren die Rede). Er verlässt die Dienststelle nie, hat aber acht oder meinetwegen auch zwölf Untergebene, die abwechselnd den Dienst an der Grenze versehen. Als die Vorräte ausgehen und keine neuen Versorgungslieferungen mehr erfolgen, fahren die Unteroffiziere und Gefreiten abwechselnd in den nächsten Ort – wegen des ständig verbreiterten Grenzstreifens liegt dieser immerhin zehn Kilometer entfernt – und kaufen ein, etwas befremdet zwar durch die neuen Markennamen, die jetzt überall auftauchen, und durch das stark erweiterte Warenangebot, aber nicht irritiert. Es ist ja nur gut, wenn es plötzlich mehr zu kaufen gibt und der sozialistische Staat seine Konsumversprechen nach vierzig Jahren endlich einlöst. Manche werden zwischendurch vielleicht nachdenklich, halten die Veränderungen unter Umständen für ein besonders perfides Manöver des Klassenfeindes, umso mehr Wachsamkeit ist geboten. Der Major, der von allen den beschränktesten Blickwinkel hat, ist unbeirrbar.

So geht das Leben in diesem kleinteiligen Abbild eines asiatischen Dschungels ein halbes Jahr, ein ganzes Jahr, vielleicht zwei Jahre lang weiter, irgendwo zwischen Oebisfelde und Wolfsburg meinetwegen, und natürlich entgegen aller Wahrscheinlichkeit – die eigene Währung gilt nach einem Jahr nicht mehr, immer mehr Fremde tauchen in der Gegend auf, irgendwann müsste das Fähnlein der Aufrechten etwas merken. Aber schließlich ist man ja nicht an einem offiziellen Grenzübergang eingesetzt, hat keine Kontrollen durchzuführen und Pässe abzustempeln, sondern soll einfach nur einen labilen Grenzstreifen schützen und dort die Republikflucht verhindern. Und doch verstehen auch der Major und seine Männer eines Tages, dass der Staat, den sie schützen sollen, offenbar nicht mehr in der Form existiert, in der sie ihn kennengelernt haben. Sie wissen sogar inzwischen, dass manche der Führer dieses Staates vom Klassenfeind inhaftiert worden sind und ihnen der Prozess gemacht wird. Aber der Staat hat sich nicht aufgegeben, erklärt der Major seinen Männern, er hat nicht auf seine Souveränität verzichtet, sein Gebiet ist lediglich vom Feind annektiert worden, nicht mit den üblichen militärischen Mitteln, sondern mit viel perfideren. Solange der Staat sich nicht auflöst, sagt der Major, machen wir hier weiter. Vielleicht hat er sich sogar gründlich mit den verschiedenen Theorien der Souveränität beschäftigt, in einsamen Nachtstunden in seinem Büro, im trüben, kalten Schimmer seiner Schreibtischlampe; vielleicht hat er eine theoretische Ader, der Major, und liest Bodin und Machiavelli. Den offiziell erklärten Beitritt erkennt er nicht an, *diese* Abgeordneten der Volkskammer haben für ihn keine Legitimation. Schließlich, als seine Grenzer tatsächlich einen harmlosen Ornithologen oder Froschforscher festnehmen, der in diesem Biotop entzückt umherstreift, wird der letzte verbliebene Grenzposten mit sanfter polizeilicher Gewalt aufgelöst und der Major in die Psychiatrie überführt. Dort hören die Pfleger nachts seine Monologe.

Man wird mich über kurz oder lang wieder brauchen, sagt der Major. *Es wird immer Grenzen zu schützen geben. Wer könnte leben ohne Grenzen? Ich freue mich auf meinen nächsten Posten. Die kleine Reihe der Baracken!*, ruft der Major. *Der Geruch nach Stahlschränken und verbrauchter Luft im Büro! Die Zellen, die Spinde! Drüben zuweilen die Uniformen der Anderen, im hektischen Hin und Her! Der Blick aus dem Feldstecher! Nachts das gleißende Licht des Suchscheinwerfers über dem leeren Gelände! Nichts Verträumteres als so ein kleiner Grenzposten*, sagt der Major. *Kein schöner Land*, murmelt er und schläft endlich ein.

36

Er schläft ausgezeichnet, der Major, sobald er einmal die Grenze überschritten hat, die einzige, die er je in seinem Leben passieren durfte, denn er war »zu seiner Zeit« weder in Polen, in Ungarn, in der CSSR noch sonst in irgendeinem der Bruderstaaten, vom Staat des Großen Bruders ganz zu schweigen. Ihm war das eigene Land genug, weniger noch: Ihm reichte der breite, fast menschenleere Grenzstreifen mit seiner vertrauten Flora und Fauna und seinen stillen Baracken. So wie er dort sein Land bewachte, damit dessen

Bewohner gut schlafen konnten und gefälligst nicht auf dumme Gedanken kamen, so betritt er selbst voller Vertrauen das unbekannte Land des Schlafs, damals an der Grenze wie heute in der Psychiatrie. *Eigentlich ist er unser gesündester Patient,* sagen die Pfleger. Nie hat der Major Angst, nicht wieder aufzuwachen, und wenn er aufgewacht ist, fragt er sich nie auch nur eine Sekunde lang, wo er gewesen ist und wie er zuvor dorthin gekommen ist.

Ich dagegen frage mich das jedes Mal, vorher und nachher. Wie komme ich nach drüben, wie bin ich zurückgekommen, was war zwischendurch. Wann habe ich die Grenze überschritten, immerhin zweimal, und warum habe ich es nicht bemerkt. Doch, vor dem Erwachen hat man häufig eine unbestimmte Ahnung, dass gleich etwas passiert, dass man gleich *auf der anderen Seite* sein wird. Beim Einschlafen auch? Manchmal bilde ich mir das ein, weiß aber nicht, ob ich nicht in diesem Fall *durch die Literatur* verdorben wurde, so wie man später *durch das Fernsehen* verdorben wurde und heute *durch das Internet.* Denn schließlich war ich erst vierzehn, als ich erstmals diesen Satz las: *Manchmal fielen mir die Augen, wenn kaum die Kerze ausgelöscht war, so schnell zu, dass ich keine Zeit mehr hatte zu denken: »Jetzt schlafe ich ein.«* Später – und irgendwie prosaischer – dann so: *Manchmal, die Kerze war kaum gelöscht, fielen mir die Augen so rasch zu, dass keine Zeit blieb, mir zu sagen: Ich schlafe ein. – Parfois, à peine ma bougie énteinte, me yeux se fermaient si vite que je n'avais pas le temps de me dire: »Je m'endors.«*

Proust mit vierzehn Jahren, und dann solche Sätze, das hat in diesem Alter vielleicht nachhaltigere Folgen als Pornografie. Mich hat es vermutlich weiter darin bestärkt, Schriftsteller werden zu wollen, obwohl ich das schon vorher werden wollte. So ist es dann auch gekommen, aber wenn es nicht so gekommen wäre, denke ich mir, wäre ich vielleicht Schlafforscher geworden. Oder vielleicht eher Topograf, aber im erweiterten Sinn ist natürlich auch die Schlafforschung ein Teilbereich der Geländekunde, und es gibt hier noch viel terra incognita zu entdecken. Die Schlafforschung ist merkwürdigerweise ein recht junger Wissenschaftszweig.

Zwar ist der Schlaf nicht, wie sein angeblicher Bruder, *das unentdeckte Land, von des Bezirk kein Wandrer wiederkehrt*, weil wir ja immer wieder aufwachen. Wo wir aber waren, wissen wir nur schemenhaft, den Erinnerungen an Träume zum Trotz (die, wenn man sie nicht unmittelbar nach dem Erwachen fixiert, ebenfalls verschwinden). Vor allem wissen wir nicht, wie wir dorthin gekommen sind. Prousts *manchmal* räumt zwar die Möglichkeit ein, man könne bei anderer Gelegenheit noch die Zeit haben, zu denken *jetzt schlafe ich ein.* Aber wo das so ist, tritt dieser Gedanke noch deutlich *vor* der Grenze ein, in einem noch bewussten Zustand, der antizipiert, aber nicht den Moment des Einschlafens selbst erfasst.

Die Rückkehr in den Wachzustand scheint ein anderer Prozess zu sein, in dem das Bewusstsein wenigstens ansatzweise seiner selbst mächtig ist. Denn man wacht höchst selten *plötzlich* auf, und meistens hat das dann mit Einwirkungen von außen zu tun: ein lauter Knall; ein Anderer, der einen heftig schüttelt; eine berstende Fensterscheibe; das Schrillen einer Trillerpfeife, begleitet von dem martialischen Ruf *Kompanie aufstehen!* (Wecker haben nicht unbedingt denselben Effekt.) Ansonsten geht man auf das Erwachen zu, nähert sich ihm immer bewusster an, nimmt es mental vorweg, mit einem Wort: Man *sieht* schon das andere Land jenseits der Grenze, das man gleich betreten wird.

Aber dazwischen, was war nun dazwischen, in diesen vielleicht sieben oder acht Stunden, die man idealerweise durchgeschlafen hat? (Mütter, die von ihren Kleinstkindern sagen: *Er/sie schläft jetzt endlich durch.*) Was geschah also in jenem unbekannten Land, aus dem man wiedergekehrt ist? Die Träume, an die man sich erinnern kann, geben darüber nur bruchstückhaft Auskunft. Und die Schlafforscher haben zwar schon weitgehend die neurophysiologischen Prozesse aufgeklärt, die in dieser Zeit erfolgen. Sie können uns zum Beispiel sagen, dass während des Schlafens die Wachstumshormone besonders aktiv sind, auch das Haut- und Haarwachstum betreffend, weshalb es unsinnig ist, sich vor dem Schlafengehen zu rasieren, in der Hoffnung, am nächsten Morgen noch bartfrei zu sein. Natürlich wissen sie – wie wir alle, dazu bedürfte es der Forschung nicht –, dass der Schlaf der Erholung dient, damit man den kommenden Tag besser bestehen kann. Aber wie man lebt, dort drüben auf der anderen Seite, in diesem anderen Raum, das wissen sie nicht.

Dabei ließe sich ja auch denken, dass das *wahre*, das *richtige* Leben, wenn es so etwas gibt, zumindest aber das *interessantere* und *reichere*, gerade dort drüben stattfindet, in jenem unbekannten Land auf der anderen Seite. Dann wäre der Ort des bewussten tagtäglichen Lebens, das wir für unser eigentliches Leben halten, in Wahrheit nur die Höhle aus Platons bekanntem Gleichnis, in der sich die Ereignisse aus der wirklichen Welt – jener des Schlafs – schattenhaft widerspiegelten, gut idealistisch gedacht.

Das wache, moderne Bewusstsein, also das Bewusstsein des *homo oeconomicus*, wäre angesichts solcher These hellauf, ja geradezu hellwach empört, weil es dem Schlaf naturgemäß misstraut. Denn der Schlaf ist vom Standpunkt dieses Bewusstseins ein diffuses Terrain, dem es an Eindeutigkeit, Klarheit, Übersichtlichkeit mangelt. Solche Zustände sind für dieses wache, moderne, vernünftige Bewusstsein die Hölle, weil sie sich der totalen Kontrolle ebenso entziehen wie der exakten Messbarkeit. Auf solchen Gebieten tummeln sich die zwielichtigsten Gestalten, sagt sich der *homo oeconomicus.* Bekanntlich *gebiert der Schlaf der Vernunft Ungeheuer.* Dass das spanische Original auch die Übersetzung *Traum* statt *Schlaf* zulässt und man den Satz äußerst ambivalent auslegen kann, ist bekannt, interessiert an dieser Stelle aber nicht. Für den *homo oeconomicus* nämlich ließe er sich auch verkürzen auf *Der Schlaf gebiert Ungeheuer.* Und zu denen gehören in vorderster Front die Faulen und die Müßiggänger.

Das Misstrauen gegenüber dem Schlaf rührt vermutlich gerade daher, dass er selbst Ausdruck grenzenlosen Vertrauens ist. Der Schlafende hat das andere Land in der Zuversicht betreten, dass ihm weder dort *noch hier* etwas passieren wird, dass er nicht ausgeraubt, überfallen, getötet wird. Andernfalls hätte er kaum einschlafen können. Er vertraut darauf (leider nicht immer gerechtfertigt), dass sein Zustand selbst ihn vor Angriffen schützt. Solches grenzenlose Vertrauen steht natürlich quer zu sämtlichen Regularien unseres normalen Verkehrs untereinander (*homo homini lupus*) und ist insofern subversiv und höchst gefährlich.

Im Wachzustand würde selbstverständlich auch unser Major den Satz *Vertrauen ist gut, Kontrolle ist besser* unterschreiben, zumal dieser fälschlich Lenin zugeschrieben wird. Der Satz ist heute die methodische Grundlage aller gesellschaftlichen und ökonomischen Organisation, grenz- und systemübergreifend; er ist die Grundlage der von Foucault analysierten Disziplinargesellschaft, in der wir leben. Das hindert den Major jedoch nicht daran, gut zu schlafen, wie alle, die glauben, auf der richtigen Seite zu stehen.

Dass übrigens der Tod des *Schlafes Bruder* sei, hat mir nie einleuchten wollen. Der Schlaf gehört vollständig dem Leben an, wenn er nicht gar, siehe oben, sein bester Teil ist. Er ist sinnlich wie intellektuell vielfältig erfahrbar, und aus diesem unbekannten Land kehrt man immer wieder zurück, bis vielleicht auf das eine, das letzte Mal, im Fall eines sanften und glücklichen Todes. Die Toten dagegen sind wirklich und für immer tot, auf der anderen Seite gibt es nichts. Sie haben ihren ewigen Frieden. Falsch eingerichtet – wie so vieles auf der Welt – ist allein die Tatsache, dass sie diesen Frieden nicht mehr genießen können.

37

Dagegen die hellwache Stunde, die abendliche Dämmerung! Keine Zeit, in der die Aufmerksamkeit nicht nur der Augen mehr geschärft würde als bei diesem Gang an der Grenze zwischen Hell und Dunkel, Tag und Nacht. Vermutlich hängt das damit zusammen, dass uns die Dämmerung immer überrascht, ja überfällt. Eben gerade war es noch hell und die Konturen deutlich, vielleicht sogar scharf umrissen bis zur Unerträglichkeit, je nach Jahreszeit und Himmel. Jetzt plötzlich wird das Licht diffus, wird weich, die Umrisse verschwimmen, Schatten in allen Tonlagen machen sich bemerkbar und lösen die Ecken und Kanten auf, und wann hat das begonnen? Es beginnt nicht, sondern ist *plötzlich* da, auch an diesem Abend haben wir den Anfang verpasst, müssen uns aber darüber nicht ärgern, weil es diesen Anfang nicht gibt.

Sie überfällt uns also, die Dämmerung, aber es ist ein freundlicher Überfall, eine sanfte Vereinnahmung. Sanft, ohne uns einzulullen. Da uns die Aufmerksamkeit nicht mehr von außen durch das helle Licht gleichsam aufgedrängt wird, geht sie verstärkt von uns selbst aus, und wir sehen genauer hin, nehmen aktiver wahr. Die Gestalt dort vorn an der Straßenecke, die ich vor einer halben Stunde noch so mühelos wie beiläufig wahrgenommen und eingeordnet hätte, ist sie alt oder jung, ruhig oder nervös, klein oder groß? Ist ihr Mantel dunkelrot oder schwarz? Der Entgegenkommende, der mit sich selbst redet, erweist sich wenige Meter näher als einer, der ins Headset spricht und eine Verabredung für den Abend trifft.

Aber der Abend hat eben noch nicht wirklich begonnen. Das lässt sich am genauesten an den Bewegungen ablesen, die jetzt zu beobachten sind, und am Tempo, das in dieser kurzen Übergangszeit herrscht. Von denen abgesehen, die, meistens ohne Erfolg, einem schon gestarteten Bus oder einer enteilenden U-Bahn hinterherlaufen – und die gewissermaßen gegen die Gesetze der Dämmerung verstoßen –, sind die Bewegungen in dieser halben oder ganzen Stunde vorwiegend lässig: letzte Lockerung, bevor der Rhythmus des Abends regiert, der in den großen Städten selbstverständlich völlig anders aussieht als in dem winzigen Dorf da oben auf der Eifel- oder Hunsrückhöhe. Die letzte Lockerung zuvor im schönen Zwielicht – nach den Anspannungen des Tages und unter Umständen vor denen des Abends – bedeutet eben auch, dass die Körper sich für einen Augenblick wieder ihrer selbst bewusst werden, während sie den größten Teil der Zeit fremden Gesetzen gehorchen. Nichts Geschmeidigeres, nichts weniger Bleiernes als die Dämmerung! Dieses Zwielicht ist fast flüssig, ist aus Quecksilber, und entsprechend ist die Dämmerung auch keine *Grenze* zwischen Tag und Nacht, da ihr jegliche Massivität, alles Befestigte fehlt. Ein quicklebendiges und überaus vergängliches Niemandsland ist sie, eins, das sich täglich erneuert und das wir immer nur kurzzeitig bewohnen dürfen. Sie ist der ideale Zwischenraum, laut Roland Barthes der eigentliche Ort des Schriftstellers.

Nur an den Tagen und in den Wochen, an denen ihr Licht von früh an den ganzen Tag fest im Griff hat, wenn sie sich selbst verfestigt und gleichsam Totalitätsansprüche stellt, lastet sie schwer auf uns: *Zwar glänzt ein Weniges heute nur herunter und eng schließet der Himmel uns ein … und fast will mir scheinen es sei als in der bleiernen Zeit.* Dann herrscht nicht mehr die Dämmerung, sondern der ewige Dämmer, Niflheim, an dessen Eingang nach der germanischen Mythologie die Dunkelelben wachen. Kein Quecksilber mehr, sondern nur lastende Schwere und die Vorstellung, dass es nie mehr hell werden wird.

38

An einem solchen Tag, am 11. November 1998, besuchte ich Peter Handke ein zweites Mal in der Niemandsbucht. Das Licht passte zum französischen Symbolwert des Datums, denn der Tag des Waffenstillstands von 1918, *Armistice*, ist noch immer ein bedeutender Feiertag in Frankreich, während bekanntlich zum selben Datum im Rheinland, das ich ein Vierteljahr zuvor verlassen hatte, pünktlich um 11 Uhr 11 der Karneval eröffnet wird. In diesem Jahr 1998 jährte sich das in Compiègne geschlossene Abkommen zudem zum achtzigsten Mal, ein echtes Jubiläum also. Den ganzen Tag wurde es nicht so recht hell, schon morgens nicht in meinem spartanisch eingerichteten, aber geräumigen Atelier in der Cité Internationale des Arts, im Nebengebäude, rue Geoffroy L'Asnier. Der Code für den Zugang zum Gebäude war gerade in 1789 geändert worden. Aus dem Fenster der gewohnte Blick in den Innenhof und dann rechts auf das Mahnmal für den unbekannten jüdischen Märtyrer, all das heute von Beginn an in Dämmerlicht getaucht. Keine offenen Fenster, keine Opernsängerin, die Koloraturen übte, kein Pianist in der Schule der Geläufigkeit.

Bis in den Nachmittag hinein arbeitete ich noch ein wenig weiter an dem Romanprojekt, das mich seit Beginn meines Pariser Aufenthalts beschäftigte und von dem ich schon damals heftig ahnte, aber noch nicht glauben wollte, dass es sich um ein totgeborenes Kind handelte (mit schließlich 130 Seiten meine am stärksten gewachsene Totgeburt überhaupt), dann machte ich mich auf den Weg. Wie der Dämmer des Tages in die wirkliche Dämmerung überging, diese halbe Stunde vor der Dunkelheit, war nicht genau zu verfolgen an diesem Tag, an dem ich vermutlich am Boulevard St. Michel in den RER C einstieg; es könnte aber auch an der Gare d'Austerlitz gewesen sein. Der Zug war an diesem Feiertag leerer als sonst um diese Tageszeit und trug mich schon in der frühen Dunkelheit (als ob man die den ganzen Tag sehnsüchtig erwartet hätte!) durch das dichte Netz der westlichen Vororte, während ich dösend am Fenster saß, beinahe bereit, übers Ziel hinauszufahren. Draußen die Lichtermeere der südwestlichen Vororte, Issy-les-Moulineux, Meudon und andere. Wieder fiel mir auf, wie lange es dauert, bis Paris, dessen eigentliches Stadtgebiet keineswegs riesig ist, endlich aufhört, wie lange es braucht, bis jenseits der Stadtgrenzen »das Land« anfängt, während man jenseits des viel größeren Berlin sofort »draußen« ist, in der Märkischen Heide oder sonst wo, im Land der Datschen und der »ehemaligen« DDR.

Als ich dann aus dem Bahnhof kam, war ich schon ein Geübter. Bei meinem ersten Besuch hatte ich noch einen

Taxifahrer fragen müssen, wo denn die Rue de Jouy sei, die direkt vor mir lag. Diesmal tastete ich mich durch das frühabendliche Dunkel bis zum Haus vor und wartete wieder, bis man mir das Tor öffnete.

Und dann kommt alles so, wie es sich heute vermutlich jeder vorstellt, während ich mir damals gar nichts vorgestellt habe, sondern vollständig ohne jede Erwartung dorthin gefahren bin. Peter Handke brät mir tatsächlich Pilze, die er tagsüber, in der Dauerdämmerung, in den umliegenden Wäldern gesammelt hat, jenen Wäldern, in die wir damals, vor knapp drei Jahren, gar nicht erst gekommen waren. Kaum bin ich angekommen, steht er am Herd, in etwas zu weiten, ziemlich dunkelblauen Jeans und einem dunklen Hemd. »Ich habe überall im Haus diese blöden Pilzbücher liegen«, sagt er, »in allen möglichen Sprachen.« Das Restaurant, wo wir vor knapp drei Jahren essen waren, erzählt er, hat inzwischen dicht gemacht. Es schien mir schon damals etwas zu pompös, zu plüschig für einen Ort wie Chaville. Er fragt mich nach dem Verlauf der bisherigen Monate in Paris, ob ich Freunde gefunden hätte. Ich erzähle von Piero, den ich schon seit Jahren kenne, und der mich im September in die heiligen Hallen der ENS in der Rue d'Ulm geführt hat, wo er seit vielen Jahren italienische Literatur und Geschichte lehrt. Dann tragen wir zusammen mit den gebratenen Pilzen alles, was noch im Kühlschrank zu finden ist, nebenan im großen Raum auf, essen Pilze, Speck, Käse und trinken reichlich Wein dazu. Wir sitzen lange im Dunkeln, sehen uns gegenseitig nur in Umrissen.

Dennoch sprechen wir keineswegs über die letzten Dinge, sondern naturgemäß über Literatur, zeitgenössische deutsche zumal. Über Roland Koch zum Beispiel, der sich damals, 1998, noch nicht aus Gründen der Distinktion

Roland E. Koch nennen musste, weil sein hessischer Namensvetter noch nicht seine übelriechende Kampagne gegen die doppelte Staatsbürgerschaft begonnen hatte. Der Schluss von *Das braune Mädchen* sei ein wenig enttäuschend, weil er das Geheimnis wegnehme, sagt Handke, aber ansonsten sei das ein ganz wunderbares Buch, »wie Highsmith«.

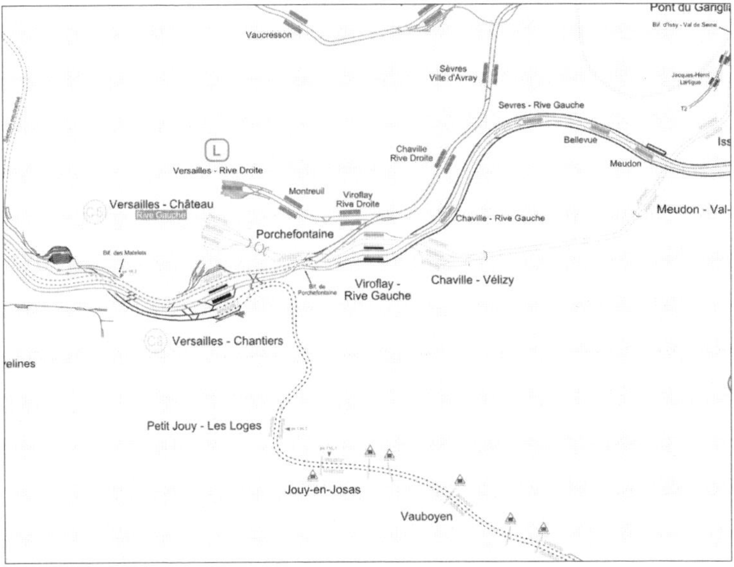

Die Niemandsbucht, ganz auf der Höhe der Zeit

Kein gutes Haar lässt er dagegen am viel gelobten Romandebüt eines anderen Autors, das man ihm zugeschickt hat, das sei *bloß gemacht*, nichts sonst, ohne Stimme, man habe das sofort wieder vergessen, wenn man's gelesen habe. *Bloß gemacht* sei überhaupt das Meiste an den neuen deutschen Büchern, die man ihm schicke. Bemerkenswert ist, dass es nicht überheblich oder arrogant klingt, als Handke das sagt, eher bedauernd. Versteht sich, dass die Diagnose sich seit damals, als das *Creative Writing Teaching* in Deutschland gerade erst begonnen hatte, kaum geändert hat.

Nach Paris fährt er nur noch, um ins Kino zu gehen, und auch das nur, »wenn es im Wald keine Pilze mehr gibt«. Das kann nicht ganz stimmen, denn wir sprechen über *Conte d'automne*, den letzten Film aus Eric Rohmers Jahreszeitenzyklus, den ich ein paar Wochen zuvor im Kino gesehen habe und er offenbar auch, obwohl es doch Pilze im Wald gab.

Wir sind allein, Leocadie ist bei der Mutter, vielleicht auch bei einer Freundin. Sie ist ja schließlich drei Jahre älter als bei unserer letzten Begegnung. Ich erinnere mich wieder an diese erste Begegnung, als Handke mir im Restaurant erzählt hat, dass er abends gern und lange allein im Dunkeln sitzt. Erst ganz am Ende wird das Licht angemacht, weil wir unsere Weingläser kaum noch sehen und deshalb nicht gezielt nachschenken können.

Nicht mehr lange vor Mitternacht gehen wir gemeinsam den kurzen Weg zum Bahnhof, zweifellos beide angetrunken, ich stärker als er. Ein unangenehmer Wind ist aufgekommen. Er wartet auf dem Bahnsteig mit mir zusammen, bis der Zug nach Paris kommt. »Ich bin zu Ihrer Verfügung. Ich würde sogar nach Paris kommen.«

Als ich zurückfahre zum Boulevard St. Michel und von dort zu Fuß über die Cité aufs rechte Seineufer wechsle, wird mir klar, dass Handkes ausgeprägte Vorliebe für den Zwischenraum, den Vorort, die Niemandsbucht ganz auf der Höhe der Zeit ist, schon allein, weil immer mehr Menschen in so gearteten Räumen leben. Nicht Chaville, Issy oder Meudon sind hinter der Zeit, sondern das innerstädtische Paris, wenn auch auf hinreißende und gelegentlich modernisierte Weise. Im Gürtel um die Stadt leben mit acht Millionen Menschen schließlich viermal so viele wie in den zwanzig Arrondissements. In den Falten des Weichbilds der Metropole ist das Glück vielleicht eher versteckt als in ihrem Zentrum. Der weltberühmte Autor jedenfalls, der aus der Kärntner Provinz kam, hat sich dort angesiedelt und ist abwesend-anwesend, und man darf davon ausgehen, dass er *seinen Ort* wirklich gefunden hat.

Als ich schließlich das rechte Seineufer erreicht habe, jetzt schon im nachmitternächtlichen Dunkel und in einer überraschend stillen Stadt, sehne ich mich plötzlich nach der Weite, die auf der anderen Seite der Hügel, etwa bei Charleville, zu beginnen scheint. Ich beeile mich, mein karges Appartement zu erreichen.

39

Als Kind glaubte ich lange, nach einer bestimmten Uhrzeit, etwa Mitternacht, dürfe man sich nur mit einer Sondergenehmigung auf der Straße aufhalten. Wer diese nicht besäße, mache sich strafbar, wenn er in tiefer Nacht dort draußen sei. Das hatte etwas mit dem Begriff *Sperrstunde* zu tun, den ich öfter hörte und der für mich einen sehr strengen Klang hatte.

Die Straße in der Nacht war also eine verbotene Zone. Ich weiß nicht, wann ich begriffen habe, dass der Begriff *Sperrstunde* etwas anderes meinte und es zumindest erwachsenen Menschen nicht verboten war, nachts um drei auf einer Kleinstadtstraße spazieren zu gehen, auch wenn das nicht besonders prickelnd ist (es sei denn, man stellt sich dabei vor, was hinter all den dunklen Fenstern vor sich geht und vor allem hinter den zwei, die in tiefer Nacht noch erleuchtet sind).

Vielleicht war ich sieben oder acht, als mir mein Irrtum langsam aufging. Das schaffte die verbotenen Zonen jedoch nicht aus der Welt, denn immer wieder tauchten irgendwo neue auf, und das ist bis heute so geblieben. Es handelt sich um Areale, manchmal nur einzelne Gebäude, die ich nicht angstfrei und nur mit niedergeschlagenen oder gar geschlossenen Augen passieren kann. In meiner Kindheit war es das Transformatorenhäuschen im *Wieter*, einem der Wälder um Northeim: ein schmales blaugraues Türmchen, das durchaus an einem der Hauptwaldwege stand und eigentlich wenig Unheimliches hatte. Was mich nicht nur ängstigte, sondern beinahe in Panikstarre versetzte, als ich zum ersten Mal an ihm vorbeiging, war das leise Surren aus dem Inneren des Häuschens. Das war zwar ohne besondere Aufmerksamkeit hörbar; damit es bedrohlich wurde, musste man allerdings die Ohren spitzen (selten hat diese Formel so gut gepasst wie in diesem Fall). Über diese Fähigkeit, zunächst nur unvertraute, fremde Gegenstände und Situationen in wirklich bedrohliche zu verwandeln, habe ich wohl von früh an verfügt. Ich hatte ein Gespür für das Unheimliche. Wahrscheinlich handelte es sich auch um eine bestimmte Form dessen, wofür Michael Balint den Begriff *Angstlust* geprägt hat. Bei der ist allerdings die Lust am Ende immer stärker als die Angst, und alles geht gut aus. Bei mir sieht es angesichts der verbotenen Zonen etwas anders aus. Die Angst ist so stark, dass ich zuweilen kapitulieren muss.

Dazu bedarf es bestimmter topografischer Arrangements. Auslöser dieses panischen Schreckens sind oft Industrieruinen. Sie müssen jedoch bestimmte Voraussetzungen erfüllen. Schließlich war auch das Industriegelände Vollmond eine Industriebrache. Dort habe ich mich aber, der Gefahr des Versinkens zum Trotz, eher wohl gefühlt. Es war auf diesem Gelände und drumherum auch recht bevölkert, so mein Eindruck, und ich war schließlich mitten in dem größten zusammenhängenden städtischen Areal, das es in Deutschland gibt, dem Ruhrgebiet. Da kann Hilfe jederzeit von allen Seiten kommen. Das ist kein Ort fürs Unheimliche.

Das Unheimliche beginnt mit dem einzelnen, verfallen(d)en Haus am Dorfrand oder auf freiem Feld. Es geht weiter mit dem einen übrig gebliebenen Förderturm einer längst stillgelegten Zeche, inzwischen umgeben von Gestrüpp und Wildwuchs. Es setzt sich fort in nächtlicher Fahrt durch wie seit langem verlassen wirkende kleine Orte im Pfälzer Wald, weil man irgendwann vom Wege abgekommen ist. Es kulminiert mit der verlassenen und verrotteten Fabrik in einer einsamen Gegend. Zertrümmerte Fenster, ein Gemäuer voll gähnender Löcher, drumherum Totenstille und kein einziger Mensch in der Nähe, und einmal, das denke ich noch heute, wäre ich beinahe untergegangen.

Einmal: Das war irgendwann in den achtziger Jahren in einem verlassenen Seitental in Lothringen, in der Nähe von Saint-Dié. Ich unternahm dort an einem grauen Dezembermittag einen ziellosen Streifzug mit dem Auto, folgte einem verwitterten Wegweiser, der das nächste Dorf in drei oder vier Kilometern anzeigte und geriet *unversehens*, wie das einzig richtige Wort hier heißt, in dieses einsame, enge Tal, das zunächst nicht ganz und gar einsehbar war. Plötzlich wuchs auf der rechten Straßenseite vor mir eine stillgelegte Fabrik aus dem Grau, die mir jeden Moment größer zu werden schien, mit den bekannten zertrümmerten Fenstern und den gähnenden Löchern im Gemäuer: riesige offene Mäuler, die jeden zu verschlingen drohten, der zu nahe kam. »Ich wurde starr vor Schrecken.« Verschlungen werden ist etwas völlig Anderes, als in den Sumpf des Industriegeländes Vollmond einzusinken; es ist der sichere Tod. Auf dieser engen Straße gab es kaum eine Möglichkeit zu wenden, vor allem aber dachte ich in meiner Panik: *Dazu ist keine Zeit mehr.* Ich umklammerte das Lenkrad, und da ich die Augen nicht schließen konnte ohne Gefahr, von der Straße abzukommen (und womöglich direkt in die Ruine hineinzufahren, direkt ins geöffnete Maul!), beugte ich mich tief übers Lenkrad, kniff die Augen zusammen und sah starr geradeaus, wie die Bauern, die nur selten mit ihrem Auto in die Stadt fahren. In dem ganzen verdammten engen Tal stand nur diese verrottete Fabrik, kein anderes Haus, und natürlich war nirgendwo ein Mensch zu sehen. Selbst wenn einer zu sehen gewesen wäre, weiß ich nicht, ob ich ihm getraut hätte. Ich passierte das Fabrikungeheuer gewissermaßen mit geschlossenen Augen, nur im äußersten rechten Augenwinkel tauchte ein Schatten davon auf. In jedem Moment erwartete ich grelles Sirenengeheul, und dann wäre es zu Ende gewesen mit mir, davon bin ich noch heute überzeugt. Für zwei Kilometer wagte ich nicht, in den Rückspiegel zu sehen. Erst, als ich eine leichte Steigung hinaufgefahren war und ins nächste Tal hinabrollte, in der mich keine Fabrikruine erwartete, sondern die Häuser eines winzigen Dorfes sichtbar wurden, richtete ich mich wieder auf und leckte mir den Schweiß von der Oberlippe. Der Schreck aber blieb weiter in mir eingesperrt. Einmal dem falschen Fingerzeig des Wegweisers gefolgt – es ist niemals gutzumachen.

40

Das Wort »Angstlust« kommt in dem zweibändigen *Vokabular der Psychoanalyse*, das Laplance und Pontalis 1967 veröffentlicht haben, nicht vor. Selbstverständlich findet man »Angsthysterie« und »Angstneurose«, außerdem »Angst, automatische«, »Angstentwicklung« und »Angstsignal«. Von einer Angstlust aber schien der Schöpfer der Psychoanalyse nichts wissen zu wollen. Als Michael Balint den Begriff entwickelte, war Freud schon zwei Jahrzehnte tot.

Auch ist es wohl so, dass die Thesen, die Balint in *Angstlust und Regression* entfaltet hat, in psychoanalytischen Fachkreisen als nicht mehr ganz up to date gelten, allein schon deshalb, weil man heutzutage in diesem Milieu nicht mehr mit einer Typenlehre arbeitet. Das Buch ist auch nur mäßig interessant, es reißt einen beim Lesen nicht unbedingt mit. Der Begriff selbst aber scheint mir eine überaus gelungene Prägung. Vielleicht hätte er Freud nicht gefallen, wenn er ihn gekannt hätte, auch wenn der große Meister selbst zum Beispiel auf die Verbindung von Eros und Thanatos, von Lust und Todestrieb hingewiesen hat, und auch, wenn er eine sehr lesenswerte Untersuchung über *Das Unheimliche* geschrieben hat.

Aber dieser große Meister, so scheint mir heute, war vor allem ein Kolonisator, ein Eroberer, der trotz tiefer Skepsis doch den Traum der Vernunft träumte – welcher bekanntlich, wie weiter oben schon angedeutet, Ungeheuer gebiert. Für diese Vernunft wollte er ein immer größeres Territorium erobern. Früher, als ich Freud so nach und nach entdeckte – Freud als Kulturwissenschaftler, würde man heute vielleicht sagen, nicht als Therapeuten, das kam erst in den frühen Neunzigern, als ich, der Barmer Ersatzkasse sei Dank, drei Jahre lang ganz klassisch auf der Couch lag –, früher also liebte ich von all seinen Sätzen diesen am meisten: *Wo Es war, soll Ich werden.*

Heute bin ich mir da nicht mehr so sicher. Dabei geht es mir nicht um wilde Vernunftkritik, um »das Andere der

Vernunft« und wie diese Formeln alle heißen, um jenen erregenden Bereich also, der seine eigene Sprache spricht und in dem sich Sigmund Freud bestens auskannte. Es ist vielmehr die Betonung des *Ich*, die mich stört, des *Ich selber*, der Akzent auf der Ausdehnung der eigenen Person und zugleich der Eingrenzung gegenüber dem Außen. Wie der große Meister seinen Satz wirklich gemeint hat, welche Implikationen er für ihn hatte, das können wir ihn nicht mehr fragen. Leicht kann er aber der Konstruktion einer Person, ja schlimmer noch einer *Persönlichkeit* dienen, ein Begriff, der, wie man bei Adorno nachlesen kann, immer mit Stärke und mit Herrschaft (über andere) assoziiert ist. Ich gehe jedoch inzwischen lieber schwach, dafür aber geschmeidig durch die Welt, oder noch besser: durchlässig. Deshalb ist mir Freuds Satz, der früher eines meiner Leitmotive war, im Laufe der Jahre eher suspekt geworden.

In die Nachbarschaft solch eines furchtbaren Wortes wie Persönlichkeit gehören auch Begriffe wie *Ich-Stärke* und *Identität*. Zauberbegriffe, mit denen man viel anstellen kann, selten aber Gutes. Der Ich-Starke ist groß darin, den Forderungen der Realität nachzukommen und Belastungen und Konflikte zu verarbeiten. Er wird nicht Opfer einer Neurose, wie die Anderen, die er auf seinem Weg beiseite drängt oder gar vernichtet. Wenn er aber Opfer einer Neurose wird, wenn er zusammenbricht, dann gründlich und unwiderruflich. Rainald Goetz hat das in *Johann Holtrop* schön vorgeführt. Vielleicht erklärt dies die wütenden Reaktionen der Kritik auf das Buch, denn Großkritiker sind in der Regel auch sehr ich-starke Menschen. Wenn der Ich-Starke aber nicht zusammenbricht, dann wendet er sich frisch gestärkt *neuen Herausforderungen* zu, und Leichen pflastern weiterhin seinen Weg.

So krude Thesen, wie ich sie hier anführe, kann natürlich nur ein Neurotiker verbreiten. Neurotiker, das sei an dieser Stelle verraten, sind ziemlich gesunde Menschen und leben in der Regel länger als die Ich-Starken.

Schlimmer noch als die Ich-Stärke ist die Identität, weil sie sich zur Kollektivierung eignet und zu *identitären Bewegungen* führt. Ihre präziseste, um nicht zu sagen *treffendste* Fassung, insofern sie alle Anderen vernichtend *trifft*, hat sie in der Formel *Mia san mia* gefunden, ist dabei aber keineswegs auf den Freistaat Bayern beschränkt, der in seiner saturierten Aufgeblasenheit ja eine eher harmlose Variante des Identitätsfanatismus darstellt, gewissermaßen eine regionalistische.

In den siebziger, achtziger Jahren war der Regionalismus auch unter »unabhängigen Linken« eine große Mode, gern in Gestalt der Landkommune. Sein Impuls und moralischer Bonuspunkt war der Widerstand gegen die Zentrale, gegen die Macht, gegen die Mitte, gegen das große Geld und ähnliche Erscheinungsformen der zentralisierten Gewalt. Das sind ehrenwerte Motive, kein Zweifel. Und ebenso kein Zweifel, dass geografische wie historische Räume die Denkweisen derjenigen mitprägen, die in ihnen leben. Darum geht es hier doch dauernd, lieber Leser, wenn ich mal kurz das Wort an dich richten darf. Der Blick auf die Welt ist an der Küste ein anderer als in einem Schwarzwaldseitental. Man bezieht einen Teil seiner Identität aus regionalen Gegebenheiten und Eigenheiten. Wer sich jedoch darauf versteift, landet über kurz oder lang bei der Dichotomie »wir« contra »sie«. Der Schritt vom regionalen Widerstand zum Heimatverein ist leider nicht besonders groß, und gleichzeitig ist der gestandene Regionalist eigentlich der ideale Tourismusmanager.

Der Regionalist ist jedoch nur ein kleiner Furz im Vergleich zum Nationalisten, einer Spezies, die seit 1989 wieder fröhliche Auferstehung feiert (und selbstverständlich nie ausgestorben war, sondern auch im realen Sozialismus unerschütterliche Bastionen besetzte). Plötzlich mussten wir lernen, dass es auf der Welt nichts Heiligeres gibt als die kroatische, die serbische, die slowenische, die lettische, die estnische, die litauische, die ungarische, die slowakische, die rumänische, die bulgarische, die polnische und die russische Nation und Sprache, jeweils in absoluter Ausschließlichkeit. Bei dieser Identitätsstiftung spielt die Sprache eine so überragende Rolle, dass man in den neunziger Jahren sogar neue Sprachen erfunden hat, etwa die serbische, die kroatische und die bosnische, so dass etwa der Autor David Albahari nicht mehr aus dem Serbokroatischen übersetzt wird, sondern »aus dem Serbischen«, während niemand auf den Gedanken kommen würde, Borges zum Beispiel »aus dem Argentinischen« zu übersetzen. Dem Nationalisten aber ist sein zwischen zwei Gebirgszügen eingezwängter Dialekt so heilig, dass er ihn mit einer eigenständigen Sprache verwechselt.

Auch der Nationalist sagt *Mia san mia*, aber er sagt es nicht mit dem etwas dümmlichen bayerischen (hessischen, ostfriesischen, preußischen, sächsischen, schwäbischen, hanseatischen und sonstigen) Akzent und Lächeln, sondern immer mit dem Ausdruck heiligen Ernstes in der Stimme und im Gesicht. Selbstverständlich braucht niemand »die Anderen« so sehr wie der Nationalist, denn *die Hölle, das sind die Anderen,* und er braucht sie zur Herstellung seiner eigenen »Identität«, von seiner Position der vollkommenen Ignoranz aus, denn nichts wäre gefährlicher, als wirklich etwas Konkretes über die Anderen zu wissen.

Was der Nationalist ist und wie er funktioniert, darüber

hat – und zwar schon lange vor dem Zerfall Jugoslawiens – niemand so präzise und so gültig geschrieben wie der große Danilo Kiš. Sein Porträt des Nationalisten, wie es zuerst in einem 1973 gegebenen Interview und dann noch einmal 1978 in dem Buch *Anatomiestunde* zu finden ist, gehört unter dem Stichwort *Nationalismus* oder *Nationalist* in jedes virtuelle oder (falls es so etwas noch gibt) gedruckte Lexikon. Weil niemand es besser sagen kann als Kiš, möchte ich ihn hier wenigstens auszugsweise – und mit großer Lust – zitieren.

Der Nationalist ist per definitionem ein Ignorant. Nationalismus ist also der Weg des geringeren Widerstands, ist Bequemlichkeit. Ein Nationalist hat es leicht, weil er seine Werte kennt oder zu kennen glaubt, das heißt die nationalen Werte, die ethischen und politischen Werte der Nation, der er angehört, für die anderen interessiert er sich nicht (…) Nationalismus ist Kitsch: in der serbokroatischen Variante der Kampf um das Prä bei der nationalen Herkunft des LEBKUCHENHERZENS. Der Nationalist erblickt in den anderen ausschließlich sich selbst – Nationalisten … Der Nationalist beherrscht im Prinzip weder eine andere Sprache noch die sogenannten Varianten, er kennt keine anderen Kulturen (sie gehen ihn nichts an). Wenn der Nationalist eine andere Sprache beherrscht, also als Intellektueller Zugang zum kulturellen Erbe einer anderen großen oder kleinen Nation hat, so dient ihm dieses Wissen lediglich dazu, Vergleiche anzustellen, natürlich zuungunsten der anderen. Kitsch und Folklore, folkloristischer Kitsch, wenn Ihnen das besser gefällt, ist nichts anderes als getarnter Nationalismus, fruchtbarer Boden für nationalistische Ideologien. (…) Unsere nationalen, nationalistischen Werte erhalten ihre Funktion erst im Verhältnis zum Nationalismus der anderen: wir sind Nationalisten, sie aber sind es noch mehr; wir metzeln (wenn es denn sein muss), sie aber noch mehr; wir sind Trinker, sie Alkoholiker; unsere Geschichte stimmt nur im Verhältnis zu ihrer Geschichte; unsere Sprache ist nur im Verhältnis zu ihrer Sprache rein. (…) Da er ein Angsthase und eine Null ist, steckt sich der Nationalist keine höheren Ziele. Der Sieg über den selbsterwählten *Feind, den anderen, ist der absolute Sieg.*

In der Tat: Wir saufen, die Anderen sind Alkoholiker; wir hauen zu, die Anderen sind Mörder; wir haben die Juden und andere Schädlinge in die KZs gesteckt, aber die KZs haben die Engländer erfunden – auf solche feinsinnigen Differenzierungen lässt sich dieser ganze rühr- und tränenselige Nationalstolz reduzieren.

41

Jetzt bin ich doch glatt von Sigmund Freud und der Psychoanalyse auf diesen nations- und heimatbesoffenen Gemütlichkeitssumpf gekommen. Das hat Freud wahrhaftig nicht verdient, denn alles das, was ich eben gegen die Ich-Stärke und gegen die Identität ins Feld geführt habe, sagt gegen die Psychoanalyse als eine große und sehr geschmeidige Theorie – oder müsste man sagen: Phantasie? – selbstverständlich überhaupt nichts. Die Einwände, die heute von cleveren Wissenschaftlern oder von enttäuschten Renegaten gegen sie vorgebracht werden, sind völlig uninteressant. Dagegen sind die Theoreme und Phantasien der Psychoanalyse so reichhaltig und produktiv, zum Beispiel für Romanschriftsteller, dass man sich um ihren Bestand keine Sorgen machen muss.

Auch als Therapie ist die Analyse einigermaßen tauglich, wie ich aufgrund meiner eigenen, gut dreijährigen Zeit auf der Couch sagen würde. Jedenfalls habe ich oft gern dort gelegen, und mein Analytiker war ein kluger und zuweilen hilfreicher Mann. Meinen panischen Schrecken, meine Vernichtungsangst damals in Lothringen hat er mir allerdings auch nicht erklären können, aber das macht nichts. Die Praxis war im Souterrain eines Wohnhauses in Köln-Lindenthal untergebracht, und von der Couch aus blickte ich in einen Garten. In diesem Garten wieselte manchmal ein Eichhörnchen die Bäume hoch oder huschte durch die Büsche, verharrte dann und wann, wenn es Nahrung gefunden hatte, und war danach plötzlich verschwunden. Es hat mich dort durch die Jahre begleitet, und ich bin mir nicht sicher, ob es nicht letzten Endes das Eichhörnchen war, das mich analysiert hat.

Diese Couch war, entgegen der Leitlinie, dass ich auf ihr möglichst viel von mir preisgeben sollte (oder wir möglichst viel über mich herausfinden sollten), vor allem ein prachtvolles Versteck. Ein geschütztes Eckchen im behüteten Köln-Lindenthal mit Blick in einen geschützten Garten, Eichhörnchen inbegriffen. Während der Stunde – also der 50 Minuten – zuverlässig abgeschirmt gegen alle Einbrüche von außen. In Petri Tamminens Katalog der schönen Verstecke fehlt ganz eindeutig die Couch des Psychoanalytikers, vielleicht mangels eigener Erfahrungen.

Ich war dort also »dem Leben« in gewisser Weise entzogen. Nicht so, dass ich vor ihm davongelaufen wäre oder heute davonlaufen würde. Über meine Kindheit weiß ich eigentlich auch nach meiner Analyse nicht viel, aber sie scheint, um einen Ausdruck von Winnicott zu gebrauchen, »hinreichend gut« gewesen zu sein, gut genug, um wenigstens ein gewisses Grundvertrauen ins Leben zu haben. Es reicht aber scheinbar nur so weit, dass ich mich doch lieber an dessen Rändern aufhalte. *Mitten im Leben* zu stehen, ist nicht gerade meine Lieblingsposition. Bekanntlich sind wir ja dort auch *vom Tod umfangen.* Oder, um es wörtlich zu zitieren: *Mitten wir im Leben sind / Mit dem Tod umfangen.* Bis eben wusste ich gar nicht, dass dieser oberschlaue Allgemeinplatz von Martin Luther stammt. Auch das *Memento Mori* ist keineswegs, wie ich bisher dachte, eine antike Weisheit. Mittelalterliche Mönche haben sich das ausgedacht. Man hätte sich das beinahe denken können. Die Antike war in ein anderes Licht getaucht und für solche Art Vanitasbesessenheit nicht düster genug.

Zugeben muss ich jedoch, dass auch ich bei allem Grundvertrauen zuweilen misstrauisch auf den Trick lauere, mit dem man mitten im Leben plötzlich aus ihm herausgerissen wird. Das kann, so stelle ich mir vor, umso eher passieren, je heftiger man seinen Platz in der Mitte beansprucht. Deshalb kann ich all jene nicht verstehen, die es immer wieder heftig auf die Bühne zieht und zu Auftritten bewegt, seien es nun Politiker, Sänger, Großschriftsteller oder andere Hauptdarsteller. In der Kulisse hat man allemal den besseren Überblick. Kein Wunder, gehört sie doch dem Bereich der Niemandsländer an.

42

Die Vorliebe für den Rand bestimmt auch mein Verhältnis zu Plätzen. Eine vollkommene Stadt ohne Plätze kann es nicht geben, zugestanden. Doch zum einen halte ich mich lieber an deren Peripherie auf, als diese Plätze unter den Augen anderer Peripheriker gut sichtbar zu überqueren; zum anderen scheinen mir alle überdimensionierten Plätze von Grund auf missraten, gewissermaßen zu nichts anderem gut als zum Reichsparteitag. Weder der Markusplatz in Venedig noch die Piazza del Campo in Siena haben mich entzücken können. Letztere hatte vielleicht unter meinem Wissen zu leiden, dass sie als Modell für den zentralen Platz des Mediaparks gedient hatte (und darunter, dass ich sie erstmals zwei Tage nach dem 11. September 2001 besuchte und mich, wider Willen gewiss, mitten auf diesem großen Platz unbestimmt bedroht fühlte). Immerhin muss ich zugeben, dass das italienische Original schöner und auch etwas lebendiger war als die kölnische Fälschung. In meinem Pariser Jahr habe ich die Place de la Concorde immer gemieden, jedoch die Place Saint-Sulpice geliebt. Und eine nichtssagendere Hohlform als den Berliner Gendarmenmarkt kann ich mir kaum vorstellen. Wie schön ist dagegen der Ludwigskirchplatz in Wilmersdorf! Was für ein großartiges Versteck!

Mit dem Ausfransen der Städte, der endlosen Ausdehnung der Gewerbegebiete, den Brachflächen, die die alte Industrie nach ihrem Tod hinterlassen hat und die auf neue Nutzung warten, blühen nicht nur die Ränder und Zwischenräume auf, sondern verliert zugleich die Mitte, die *City*, ihre mythische Bedeutung. Eine Zeit lang ist sie, vor allem für Künstler, so eine Art neuromantisches Ideal gewesen. »Wir sind aus Riesenstädten«, schrieb Gottfried Benn aus dem gar nicht so riesigen, sondern eher überschaubaren Westberlin, »in der City, nur in ihr, schwärmen und klagen die Musen.« Das hat schon damals nicht gestimmt (abgesehen davon, dass ein Künstler – im 20. Jahrhundert! – nicht auf schwärmende und klagende Musen warten, sondern arbeiten sollte) und stimmt heute noch weniger. Sie schwärmen natürlich auch nicht in der Provinz, und man sollte keineswegs wie Heidegger auf den »Zuspruch des Feldwegs« warten. Benn und Heidegger waren ja in den fünfziger Jahren die beiden *derniers cris* des westdeutschen Geisteslebens.

Um im Benn'schen Bild zu bleiben: Die Musen schwärmen und klagen überall dort, wo jemand offen für sie ist. Und wer nicht für sie offen ist, dem helfen auch nicht die angeblichen Weihen des Ortes oder magischer Straßennamen. Der englische Lyriker Philip Larkin hat, um ein besonders krasses Beispiel zu nennen, 30 Jahre lang als Bibliothekar in Hull gelebt, und wer die Stadt einmal gesehen hat, wird wissen, dass dazu ein gewisser Heroismus gehört. Das hat Larkin nicht daran gehindert, ein paar vollkommene Gedichte mehr zu schreiben als Gottfried Benn. Zu nennen wäre in diesem Zusammenhang auch der Dichter William Carlos Williams, auf den dasselbe zutrifft und der fast sein ganzes Leben, also beinahe 80 Jahre lang, in Rutherford, New Jersey verbrachte, wo er *at 9 Ridge Road, at the corner of Park Avenue* als Feld-, Wald- und Wiesenarzt, sprich Allgemeinmediziner praktizierte. Nach dem letzten Zensus von 2010 hat Rutherford 18061 Einwohner.

Auf keinen Fall aber schwärmen die Musen vermehrt dort (wie es sich mit dem Klagen verhält, weiß ich nicht), wo sich die Autoren noch dichter drängeln als die Politiker, in der deutschen Hauptstadt nämlich. Der Hang zur Mitte scheint keine Spezialität der politischen Klasse zu sein. 7000 Schriftsteller, so las ich vor Jahren irgendwo, tummeln sich in Berlin und reiben sich aneinander. Darunter sind gewiss nicht wenige, die sich nur für Schriftsteller halten, jedoch ebenso eine erhebliche Anzahl von Autoren, denen man, mit der bekannten Formel, durchaus *Rang und Namen* zubilligen kann, wie zum Beispiel schon ein flüchtiger Blick auf die Verteilung der Autorenwohnorte im Mitgliederverzeichnis des deutschen PEN-Clubs zeigt. Einige von ihnen, wie etwa

Thomas Hettche, haben sich inzwischen genug gerieben und die Stadt schon wieder verlassen. Für die meisten scheint aber die Berliner Adresse ein so wichtiges Distinktionsmerkmal zu sein, dass sie das Gedrängel gern aushalten. 2005, als ich im Lesezelt auf der Frankfurter Buchmesse zusammen mit zwei nach Berlin zugewanderten Autoren vorgelesen hatte und wir uns gegenseitig die eigenen Bücher schenkten, fragte der eine Neuberliner Autor den anderen nach seiner Adresse, und dann: »Bist du auch so froh, dass du in Berlin lebst?« Die Antwort war ein begeistertes Nicken, ein bebender Stolz auf die eigene Zugehörigkeit. Vermutlich konnten es beide kaum abwarten, wieder im Zug oder im Flugzeug dorthin zu sitzen, als könnten sie außerhalb dieses Biotops nicht so richtig atmen.

Man kennt dieses Phänomen selbstverständlich auch aus anderen Städten, denken wir nur an die Mandarine von Paris. Es ist der magische Glaube an den *genius loci,* der Glaube daran, dass es bestimmte Orte gibt, an denen *es passiert.* (*Ich werd' verrückt, wenn's heut passiert,* wie Nena in einem anderen Zusammenhang so schön sang.) Man kann aber noch so lange in den *Deux Magots*, im *Einstein* oder im *St. Oberholz* sitzen, ein halbes Leben lang, und wird dadurch dennoch nicht erleuchtet, geschweige denn zu einem guten Autor. Die Verengung auf die eigene Stadt, ja auf ein paar Quadratkilometer darin (deren Lage von Zeit zu Zeit wechseln kann), ist die urbane Version der Provinzialität und des *Mia san mia.* Statt des »Wer nicht für uns ist, ist gegen uns«, das die Existenz der Anderen immerhin anerkennt, sogar fürchtet, hat das urbane Provinzlertum die Form: »Wer nicht bei uns ist, den gibt es nicht.« Der Provinzler, auch der aus Riesenstädten, bezieht sein bisschen Wärme und das Phantasma der Heimat aus dieser Ausgrenzung: wir hier drinnen, ihr da draußen.

43

Dabei ist die große Stadt zunächst einmal das ideale Versteck. Keine andere Umgebung verbirgt den, der sich den Blicken und der Neugier der Anderen entziehen möchte, so fürsorglich wie sie. Nichts zärtlicher als die »Anonymität der Großstadt«, ohne Zweifel.

Inzwischen aber scheint diese Zärtlichkeit nicht mehr gewünscht zu werden. Der junge Mensch, der beispielsweise nach Berlin geht, möchte sich nicht verstecken, sondern im Gegenteil »groß rauskommen«, und zwar dort, wo *es passiert.* Er möchte gesehen werden. Der Wunsch ist nicht neu. Schon bei Lars Gustafsson, im Roman *Herr Gustafsson persönlich* aus dem Jahr 1971, gibt es eine Stelle, wo es den Erzähler zur Weißglut treibt, dass *niemand ihn sieht.* Denn das heißt: Es gibt ihn nicht. *Esse est percipi,* wusste schon George Berkeley, Sein ist Wahrgenommenwerden. Umso mehr in einer weitgehend exhibitionistisch verfassten Welt.

Natürlich ist der junge Mensch schon längst vor seinem Gang nach Berlin auf der virtuellen Ebene groß rausgekommen, in den sozialen Netzwerken zum Beispiel. Aber das ist insofern unbefriedigend, weil dort Millionen Andere ebenfalls rausgekommen sind, was den eigenen Auftritt stark relativiert. Dass man im Netz zirkuliert, ist auf die Dauer kein ausreichender Existenznachweis, so scheint es. Vor allem ist es kein Distinktionsmerkmal mehr, weil wir schließlich alle dort zirkulieren. Letztendlich unterscheidet sich das kaum von prädigitalen Formen der Durchschnittsexistenz, als man in Listen des Einwohnermeldeamts oder der Steuerbehörden erfasst war. Der größte Star wäre paradoxerweise der, der noch nirgendwo im digitalen All kreist. Aber wo wäre der zu suchen? Auf einem

Südseeatoll? Auf Spitzbergen? Das darf zumindest bezweifelt werden.

So kreisen wir also alle in der digitalen Umlaufbahn, zusammen mit Milliarden Anderen. Verstecken können wir uns nicht mehr, ein Verschwinden aus eigener Kraft ist fast unmöglich geworden. Berühmt werden wir durch unsere Netzexistenz aber selbst dann nicht, wenn es zu unserem Namen zehntausend, fünfzigtausend oder hunderttausend Suchergebnisse gibt. Dass es so viele oder in manchen Fällen mehr Suchergebnisse gibt, ist umgekehrt das Resultat davon, dass die betreffende Person in der anderen, in der »wirklichen« Welt jenseits des Netzes berühmt geworden ist. Lionel Messi, um ein willkürliches Beispiel zu nennen, derzeit (November 2013) knapp 12,5 Millionen Suchergebnisse, hat seine Tore nicht im Internet geschossen, und seinen Ruhm bezieht er nicht aus dem Netz. Auf Dauer ist das Netz wie das All, man fröstelt ein wenig darin und sehnt sich zuweilen nach dem Phantasma der Heimat.

44

Phantasma der Heimat. Unter uns deutschen – tja: Linken? kritischen Intellektuellen? oder was schlägst du an dieser Stelle vor, lieber Leser? –, unter uns war der Begriff Heimat lange verpönt, ein Unwort. Nicht nur, weil viele von uns noch den Heimatfilm der fünfziger Jahre in Erinnerung hatten, sondern auch, weil wir wussten, dass dieser der Versuch der direkten kulturellen Fortführung des gerade besiegten Nationalsozialismus gewesen war. Hatte man unseren Eltern und Großeltern schon den Führer weggenommen, dann wollten sie wenigstens ihren Willy Fritsch, ihren Rudolf Prack, ihren Paul Hörbiger behalten, gar nicht zu reden von

Marika Rökk. Der vertraute Sound der Ufa-Stimmen, beginnend mit der Wochenschau vor dem Hauptfilm, dieses ständige leichte Zittern und Beben und das gerollte RRR, das bewegte Pathos, als ginge es noch einmal ums Volk ohne Raum und den Beginn des Russlandfeldzugs, linderte den Schmerz über die erlittenen Verluste.

Vor allem aber ging es um *heiles Land*, das nach dem Krieg in Deutschland bekanntlich eine knappe Ressource war. In den zugigen Städten mit ihren Brachflächen, ihren Bombenkratern und Häuserruinen fröstelte es das Volk, und man fühlte sich – oft zu Recht – obdachlos und irgendwie immer noch mitten im Schussfeld. *Der unbehauste Mensch* war der Titel einer Essaysammlung von Hans Egon Holthusen, seit 1933 Angehöriger der *SS-Standarte Julius Schreck*, und zwar freiwillig, was ihm nach dem Krieg nicht geschadet, sondern eher genützt hat: Literaturpreis der Deutschen Wirtschaft 1953, 1968 bis 1974 Präsident der Bayerischen Akademie der Schönen Künste, 1973 Bayerischer Verdienstorden, 1983 Jean-Paul-Preis, 1987 Großes Bundesverdienstkreuz. Gastprofessor an mehreren amerikanischen Universitäten, bis 1963 Leiter der Abteilung Dichtung an der Akademie der Künste zu Westberlin. Mascha Kaléko wollte dort 1960 den Fontane-Preis aus seiner Hand nicht annehmen, also bekam sie ihn gar nicht und auch nie mehr einen anderen. Niemand brüskierte Hans Egon ungestraft. Eine beachtliche deutsche Karriere also, jedoch keineswegs außergewöhnlich. Schließlich brauchte das Land Autoren und Vordenker, die übers Gefühl der Heimatlosigkeit nach dem Verlust des Führers und des deutschen Ostens hinwegtrösten und dabei trotzdem den Eindruck vermitteln konnten, sie seien in der Moderne angekommen. Schon der Begriff *unbehaust* – schwer existenzialistisch und bestens dem Zeitgeist entsprechend! Der unbehauste Mensch hatte nun wenigstens im zeitgenössischen Kino seine Fluchtareale, in denen es noch richtig schön war wie eh und je, bevorzugt die Lüneburger Heide, den Schwarzwald und die Alpen. Dass keiner der damaligen Heimatfilme direkt auf dem Obersalzberg gedreht wurde (möglicher Titel: *Die Mädels vom Berghof*), lag wohl vor allem daran, dass große Teile des Areals nach dem Krieg als *Recreation Center* für die amerikanischen Streitkräfte dienten.

Gegen all diese Heimatseligkeit, gegen die Ufa-Stimmen und das heile Land waren wir kritischen Denker lange allergisch, und wir taten recht daran. Erst zu Beginn der achtziger Jahre, mit der Friedensbewegung und dem *Zurück zur Natur* bei manchen Alternativen, wandelte sich, zaghaft oder auch weniger zaghaft, der Begriff Heimat von einem Unwort zu einem Wert. In der Friedensbewegung gab dabei der anti-alliierte Affekt den Ton an. Ich erinnere mich an einen Rednerbeitrag auf der großen Kundgebung im Bonner Hofgarten 1981, in dem ein (damals) junger Mann darauf hinwies, dass wir – wir Deutschen also – ja durchaus noch in einem besetzten Land lebten und der vorsichtig ein stärkeres nationales Selbstbewusstsein anmahnte, Liebe zur Heimat zumindest. Dem jungen Mann lag der Rekurs auf Hans Schwenkel, Landschaftsschützer und einer der Impulsgeber für das Reichsnaturschutzgesetz, sicherlich fern, schon allein deshalb, weil ihm der Name vermutlich nichts sagte. Doch die Verknüpfung des Kampfs gegen Fremdherrschaft mit einem ökologisch überhöhten Heimatbegriff führt unweigerlich in die Nähe von dessen Thesen, wie etwa dieser: »Es geht gegenüber der deutschen Natur und Heimat«, wusste Schwenkel, »um Weltanschauung, um amerikanisch-jüdische oder um deutsche Lebensauffassung und Lebensgestaltung.« Das hat der junge Mann damals nicht gesagt, aber wir ehemals kritischen Denker, die dort am Rande standen, hätten es dennoch hören müssen. Es ist schmerzhaft zu sagen, aber der Weg vom Kampf gegen die Pershings zum sogenannten nationalen Widerstand ist leider kürzer, als viele geglaubt haben.

Bei den Naturfreunden (die im Einzelfall mit den Friedensfreunden identisch sein können) ist diese Komponente nicht unbedingt gegeben. Das Spektrum beginnt hier mit dem umfassenden individuellen Einklang mit dem All, wogegen nichts einzuwenden ist; man kann da nur gutes Gelingen wünschen. Dann kommt, als kollektive Aufgabe, die Rettung des Planeten, also schonender Umgang mit Ressourcen, Kampf gegen den Klimawandel, bewusste Ernährung und das ganze Programm, vor allem auch: *der deutsche Wald*. Schließlich treffen wir in diesem Umkreis auch eine Heimat- und Schollenverbundenheit an, die tendenziell in die Nähe von Blut und Boden gerät, ohne dass unsere Naturfreunde sich dessen bewusst sein müssen.

Dass der ökologische Messianismus zum Teil mit dicken braunen Schlacken behaftet ist, auch personell, ist inzwischen bekannt und kann eigentlich nicht überraschen. Schließlich waren die Nazis die Ersten in Deutschland, die 1935 ein Naturschutzgesetz erließen, auch wenn sie sich selbst, wie bei allen Gesetzen, nur dann daran gehalten haben, wenn es ihnen in den Kram passte. Das Gesetz war auf diesem Feld ein so einschneidender Fortschritt, dass die Rechtsnachfolger von Hitler & Co. erst zu Jahresbeginn 1977 das *Reichs-* durch das *Bundes*naturschutzgesetz ablösten. Denn in dem 1935er Gesetz war doch im Großen und Ganzen alles bestens geregelt.

All das gilt auch für den Tierschutz. Bei dem waren die Nazis sogar noch schneller; ihr Tierschutzgesetz – auch dieses das Erste in Deutschland – entstammt schon dem November 1933. Tierversuche waren selbstverständlich strikt sanktioniert, so etwas machten nur »jüdische Wissenschaftler«. Die arischen Kollegen nahmen ihre Experimente später lieber gleich am Menschen vor.

45

Bis zu diesen sehnsüchtigen Rückkehrtendenzen in die Natur anfangs der achtziger Jahre, von der Waldanschauung zur Weltanschauung gewissermaßen, kam der Begriff *Heimat* bei den kritischen Denkern nur in einem einzigen legitimen Zusammenhang vor, in einem Satz, der zugleich ein letzter war und von uns allen so zu Tode zitiert wurde, wie die Hunde den Hasen zu Tode hetzen (um ein vertrautes heimatliches Jagdbild aufzurufen): *Heimat,* wussten wir kritischen Denker, ist etwas, *das allen in die Kindheit scheint und worin noch niemand war.* Wenn Meister Bloch das sagte, und dann noch ganz am Ende eines dreibändigen Konvoluts mit dem bedeutungsträchtigen Titel *Das Prinzip Hoffnung,* als Summe und höchstes Gut quasi, dann war das sakrosankt. Ums Sacrum, ums Heilige ging es ohnehin in diesem Umkreis, und da wird auch der kritische Denker schwach: Heimat – Kindheit – Hoffnung (als Prinzip) – was für ein Rosenkranz!

Je öfter man einen solchen Rosenkranz betet, desto weniger muss man darüber nachdenken. Selbstverständlich scheint Heimat keineswegs allen in die Kindheit. In viele Kindheiten scheint vielmehr hinein: unterbezahlte Arbeit, Armut, Trinkwassermangel, Hunger, aktive und passive Teilnahme am Krieg, vielfache unfreiwillige Wanderungsbewegungen und eventuell der Tod vor der Küste von Lampedusa. Nicht jeder hat überhaupt das Glück, eine Kindheit zu haben. Blochs Formulierung beruhte auf der Annahme, dass im Kindheitsalter ein Abglanz, ein Vorschein dessen zu ahnen sei, wie die Welt sein könnte, ein Abglanz, den wir später als partielle Sehnsucht nach unserer Kindheit in uns tragen und dann utopisch gegen die bestehenden Verhältnisse wenden. Bezogen etwa auf achtjährige Textilarbeiterinnen oder ebenso alte Soldaten ist diese Vorstellung zumindest befremdlich. So denken eben Philosophen. Immerhin war Blochs Blick geschärft genug, um zu wissen, dass noch niemand dort war, in der Heimat, eine These, die selbstverständlich jedes Mitglied eines Heimatvereins erzürnen muss. Und sein Begriff davon, was Heimat sein könnte, war weder an die grüne Heide noch an die glühenden Berge gebunden. Bei jemandem, der in Ludwigshafen groß wurde, wäre das auch überaus merkwürdig gewesen.

Und der Hunsrück?, rufen jetzt alle ganz laut, *was ist damit?* Edgar Reitz' deutsche Chronik wurde 1981/82 gedreht, zur selben Zeit, als die neuen Naturfreunde schon ins Parlament eingezogen waren und der junge Mann im Bonner Hofgarten eine größere Heimatliebe anmahnte. Und diese erste Staffel von *Heimat* wurde bei ihrer Ausstrahlung 1984 im Deutschen Fernsehen ein Riesenerfolg. Muss man da nicht stutzig werden?

Um es kurz zu machen: Edgar Reitz wird hiermit in allen Anklagepunkten freigesprochen, denn nichts ist geeigneter, von jeglicher falschen Heimatsehnsucht zu kurieren, als diese Filmreihe. Das Leben in Schabbach ist beschwerlich, dreckig, öde und bigott; wer kann, möchte vor allem eins: weg. Man erinnere sich, dass die erste Episode den Titel *Fernweh* trägt und damit den Basso continuo anschlägt, der das ganze Epos grundiert. Schabbach ist kein Sehnsuchtsort. Wer später mal wiederkommt, um nachzuschauen, woher er kommt, möchte danach umso schneller wieder weg. Alle Verklärung des Heimatbegriffs ist diesen

Filmen ausgetrieben. Dem jungen Mann vom Hofgarten 1981 können sie ganz gewiss nicht gefallen haben, denn die deutsche Geschichte im 20. Jahrhundert, so lässt sich weiter aus *Heimat* lernen, war eine einzige Abfolge von Katastrophen und lieferte für so etwas wie »Nationalstolz« nicht den geringsten Grund. Deshalb nicht nur Freispruch für, sondern auch Dank an Edgar Reitz.

In der Volksschule, in den ersten Klassen bei Frau Mönkemeyer, die als Lehrerin ganz sicher direkt aus dem Dritten Reich auf uns gekommen war, im Gegensatz zum jüngeren Herrn Rabiger, der seine Lehrerschnellausbildung vermutlich erst im neuen Deutschland gemacht hatte – bei Frau Mönkemeyer also haben wir viel gesungen. Zum Beispiel: *Wenn die bunten Fahnen wehen; Winde wehn, Schiffe gehn; Nun ade, du mein lieb Heimatland.* Ich erinnere mich besonders an diese drei Lieder; sie habe ich geliebt, in aufsteigender Linie, also gerade das letzte. In ihnen allen war vom Aufbruch die Rede, vom Weggehen, und was mir auf dem Weg nach Hammenstedt mit dem Dreirad nicht gelungen war, hier beim Singen wurde es vorübergehend Wirklichkeit. Wenn man sich den Text des letztgenannten Liedes genauer anschaut, fällt auf, dass die Liebeserklärung ans Heimatland recht konventionell ausfällt, die Freude über den Aufbruch aber echt ist. Denn der Sänger singt *mit frohem Mut / wie man singet, wenn man wandern tut / lieb Heimatland, ade!* Dem lieb Heimatland erklärt er, warum er abhaut: *Gott weiß, zu dir steht stets mein Sinn / doch jetzt zur Ferne zieht's mich hin / lieb Heimatland, ade!* Anders ist es der Apollonia und dem Paul und später dem Hermännche bei Edgar Reitz auch nicht gegangen. Und nicht der Abschiednehmende leidet, sondern das zurückgelassene Land: *Begleitest mich, du lieber Fluss / lieb Heimatland, ade! / Bist traurig, dass ich wandern muss / lieb Heimatland, ade! / Vom moosgen Stein am waldgen Tal / da grüß ich dich ein letztes Mal: / mein Heimatland, ade!*

Das nenne ich mir einen Abschied voller Vorfreude. Der Text wurde 1851 geschrieben, drei Jahre nach dem Scheitern der 48er-Revolution, falls man bei uns, in unserem lieb Heimatland, von einer solchen sprechen darf.

Was würde dagegen sprechen, einfach nur zu Hause zu sein, wenn man das entsprechende Glück hat? Hat auch nicht jeder. Das Gute am Zuhause ist, dass man unter günstigen Umständen mehr als eins davon haben kann, im Gegensatz zur Heimat, und dass Zuhause an ganz unerwarteten Orten sein kann. Albert Camus zum Beispiel empfand seine verschiedenen Pariser Wohnungen niemals als Zuhause, fühlte sich aber in der Anonymität von Hotelzimmern geborgen, was ich sehr gut nachvollziehen kann. *Zuhause* ist zudem das Resultat eigener Lebensarbeit und nicht des blinden Zufalls der Herkunft. Es scheint nicht in die Kindheit, sondern ist erwachsen. Und es eignet sich bei weitem nicht so gut dazu, ideologisch aufgeladen zu werden wie die Heimat. Ein *Zuhause* ist einfach nur ein Bereich, der vertraut ist, in dem man sich wohl fühlt, bei dem man in keinen Verein eintreten muss, um es zu schützen (ausgenommen vielleicht in den Mieterverein), und wo man auch einfach mal die Tür zumachen kann.

46

Peter Handke übrigens, um die Geschichte zu Ende zu erzählen, ist dann nicht nach Paris gekommen, weil ich nicht über ihn »verfügt« habe. Dafür hat er sich noch einmal aus

Chaville gemeldet und ein Treffen in Versailles vorgeschlagen. Zwar lagen noch einige Monate in Paris vor mir, doch ich ahnte schon, dass ich es nicht schaffen würde, ganz hier zu bleiben, dass ich fürchtete unterzugehen. Zwar klammerte ich mich immer noch an meinem totgeborenen Text fest, doch im Grunde wusste ich schon, dass er nicht gelingen würde. Er war *bloß gemacht* und hatte keine Stimme, genauer: Er hatte viele Stimmen, aber keine davon klang unverwechselbar. Heute kann ich in meinen Notizen von damals nachlesen, dass ich mich in jenen Monaten mit Figuren beschäftigte, die zum Beispiel Schlesinger, Gronau oder Paula Lehmann hießen und mit deren Namen ich buchstäblich nichts mehr verbinde, denn selbst der Texttorso, den ich noch eine Weile als Steinbruch für andere Projekte genutzt habe, vornehmlich schnell geschriebene Beiträge zu Anthologien, ist inzwischen unwiederbringlich gelöscht.

Also fuhr ich mit dem RER am 5. März 1999 nach Versailles. Treffpunkt war eine irische Bar namens *O'Paris.* Als ich hereinkam, stand Peter Handke schon an der Theke, neben ihm Renata, eine Brasilianerin, die Freundin oder Frau von Bruno Bayen. Von Bayen, der später dazukommen würde, weil er noch am Theater zu tun hatte, hatte ich knapp zwei Jahre zuvor einen ins Deutsche übersetzten Roman gelesen, *Bleiben die Reisen,* übersetzt natürlich von Peter Handke, der mir sehr gefallen hatte, und davon hatte ich Handke an unserem langen Abend am Waffenstillstandstag auch erzählt. Nun wollte er uns miteinander bekannt machen. Zu dritt – Handke, Renata und ich – zogen wir durch die Dämmerung des Vorfrühjahrs und wechselten von der irischen in eine portugiesische Bar. Handke fragte mich nach meinem Text, meinem Roman, und ich log, *tout va bien.* Dann zogen wir, noch immer in der Dämmerung, weiter zu dem libanesischen Restaurant, in dem wir mit Bruno Bayen verabredet waren. Handke schien sehr gute Laune zu haben, wirkte wach und gegenwärtig, ein ganz und gar Anwesender diesmal. Bruno Bayen erwartete uns schon am Eingang; wie seine Frau wirkte er etwas schüchtern. Später schenkte er mir einen seiner Romane, *Les Excédés*, ohne Widmung oder Signatur, gewissermaßen zum Kennenlernen, und ich fragte mich unwillkürlich, ob wir Autoren uns nicht manchmal gegenseitig auf die Nerven gehen (und anderen Freunden auch), wenn wir einander dauernd unsere Bücher schenken. Es hat so etwas den Anderen Verpflichtendes, und zugleich ist es oft eine so lieblose Geste, weil man die Überschussexemplare, die man noch hat, damit entsorgt. Aber Bayens Geschenk war gewissermaßen eine Art Vorstellung: »Das bin ich, jedenfalls so ungefähr«, sagte seine Geste.

Dann aßen wir eine Menge libanesischer Kleinigkeiten und tranken weißen Wein dazu; selbstverständlich waren wir alle Peter Handkes Gäste. Das Gespräch wechselte vom Französischen zum Deutschen und zurück und vom Theater über die Politik zur Literatur und zurück. Die Verhandlungen von Rambouillet waren schon gescheitert, und Handke ritt eine heftige Attacke gegen die USA und prophezeite, dass man bald die gescheiterten Verhandlungen zum Vorwand nehmen werde, Belgrad zu bombardieren, womit er recht behalten sollte. Das Thema verschwand schnell wieder, weil niemand wirklich darauf einging. Bruno und Renata, so schien mir, vermieden alles, was irgendwie zu Konflikten hätte führen können. Sie schienen den Zorn ihres Freundes zu fürchten; sie hatten zweifellos schon entsprechende Erfahrungen gemacht.

Dieser Zorn brach aus, als wir alle im Taxi saßen, das uns in unser jeweiliges Zuhause bringen sollte. Aber nicht

Rambouillet oder die USA waren sein Anlass, sondern der Taxifahrer. Ich kann heute nur vermuten, dass wir uns auf einem Teilstück der Autoroute 86 oder aber der N 12 befanden, von der aus der Fahrer Handke als ersten der Fahrgäste nach Chaville bringen sollte. Der Bewohner der Niemandsbucht protestierte jedoch heftig, er brüllte, der Fahrer fahre bewusst Umwege, um Geld zu schneiden. Bruno Bayen, der mit seiner Frau und mir hinten saß, versuchte ihn zu besänftigen und davon zu überzeugen, dass das Taxi den korrekten und den kürzesten Weg nehme, ohne Erfolg. Handke bestand darauf, dass der Fahrer anhalte, murmelte uns Rücksitzgästen etwas Entschuldigendes zu, stieg aus dem Auto, hüpfte über die Leitplanke und verschwand die Böschung hinunter, sofort vom Dunkel verschluckt. Das war das Letzte, was ich von ihm hörte und sah. Bruno Bayen sagte zu mir, Peter sei manchmal so, und stieg auf den Beifahrersitz um. Wir fuhren schweigend durch die Dunkelheit nach Paris zurück. Ich stieg an der Porte d'Orleans aus und nahm die Metro.

47

Vielleicht handelte es sich aber nur um eine Verschiebung, im klassischen psychoanalytischen Sinn dieses Wortes. Ich glaube eigentlich nicht, dass der Zorn des heutigen Ehrenbürgers von Griffen in Kärnten (slowenisch: Grebinj) dem Taxifahrer galt. Schon damals hatte die Zahl der Grenzen und der neuen kleinen und großen souveränen Staaten erheblich zugenommen, und diese neuen Gebilde hatten sich so weit stabilisiert, dass man aufs baldige Verschwinden dieser Grenzen nicht mehr hoffen konnte. Das war nicht im Sinne des Träumers vom Neunten Land.

Seit der Durchlöcherung des Eisernen Vorhangs und dem Fall der Mauer sind in Europa so viele neue Staaten entstanden, dass ich bis heute nicht die Geduld aufgebracht habe, sie anhand des ADAC-Atlasses von 1988, über den ich zum Glück noch verfüge, genau nachzuzählen. Faszinierend daran ist vor allem, dass dies in der Mehrzahl der Fälle nach dem Verfahren »Aus eins mach zwei« (die Tschechoslowakei) oder »Aus eins mach viele« (Jugoslawien, die Sowjetunion) erfolgte, ein Vorgang, den ich mir physisch immer so ausmale, als habe jemand den ursprünglichen Staat wie einen Teller oder ein anderes Stück Porzellan ungeschickterweise fallen lassen – oder ihn aber mit voller Absicht und voller Wucht auf den Boden geschmettert – und man habe die einzelnen Teile dann neu beschriftet, so dass eben aus der Tschechoslowakei Tschechien und die Slowakei wurden und aus Jugoslawien so viele Länder, dass man Mühe hat, sie vollständig aufzuzählen und am Ende immer eines vergisst (meistens Mazedonien), von den Scherben der Sowjetunion ganz zu schweigen, die weit über Europa hinaus verteilt sind. Da fiel also offenbar, um einen oft zitierten Satz umzuwenden, auseinander, was auseinander gehört, und es ist keineswegs ausgemacht, dass dieser Prozess schon abgeschlossen ist. Vielmehr ist es nicht undenkbar, dass dieser ursprünglich mittel- bis osteuropäische Virus auf Westeuropa übergreift, wobei ja vor allem die Flamen schon lange ihr souveränes Flandern und die Katalanen ihr souveränes Katalonien haben wollen und allein die Norditaliener noch nicht genau wissen, wie sie ihr souveränes Wohlstandsterritorium einmal nennen werden. Ach ja, das Baskenland hatte ich noch vergessen, was angesichts der Zahl der Toten dort unverzeihlich ist. Von *Grenzneurosen* hat Claudio Magris schon in den frühen Neunzigern gesprochen und diese charakterisiert als *Entfesselung eines wütenden und vollkommen irrationalen Partikularismus, der sich, wo immer er auftritt, unter Vergötzung seiner eigenen Besonderheit in sich selbst verbeißt.*

Wir Deutschen haben es natürlich besser gemacht, denn nur in diesem einen Fall, wo zusammenwächst, was zusammengehört, folgte man dem Verfahren »Aus zwei mach eins«, und neben den vielen neuen *kleinen* souveränen Staaten entstand der eine *große*. Genau genommen, entstand er nicht neben, sondern naturgemäß mitten unter ihnen, wohl genährt und anständig demokratisch und immer voller echter Sorge um Europa, das nur gedeihen kann, wenn es auf den dicken Mann in seiner Mitte hört. *Nie wieder Deutschland?* Denkste. Deutschland wie noch nie.

48

Dem Kapital sind alle diese neuen Grenzen selbstredend völlig wurscht. So mancher neue Grenzpfahl kommt ihm sogar entgegen, weil sich jenseits davon vielleicht eine steuerliche Sonderbehandlung, also geradezu eine absolut nichtsteuerliche Behandlung auftut. Das Kapital betrachtet die Verschiebungen der politischen Geografie mit einem amüsierten Lächeln ebenso wie mit wachem Interesse, denn jedes neue Land ist schließlich erst einmal auch ein neuer Markt, und an mancher Grenze muss vielleicht Herr Müller oder Frau Stankovic den Pass vorzeigen, von Mohammed Al-Khatib oder Mukami Ndiaye ganz zu schweigen, das Kapital aber nie. Es wird jederzeit auf dem Überholstreifen hereingewinkt ins Land, und dafür gibt es sogar schon ein ganz tolles neues Wort: *Willkommenskultur.*

Das Kapital ist bekanntlich grenzenlos, es ist die absolute Mitte, und es ist erheblich souveräner als alle souveränen

Staaten. Dagegen hat jeglicher revolutionäre Kampf wenig gefruchtet und ist deshalb heute auch weitgehend aufgegeben worden. Um nur in unserem deutschen Land zu bleiben, genauer in seinem Parlament: Alle wollen eigentlich den »guten Kapitalismus«, von den Christsozialen und Christdemokraten (also Bayern und Restdeutsche), über die Grünen, die Sozialdemokraten bis hin zur Partei Die Linke (also die wahren Sozialdemokraten). Selbst die NPD will ihn, und die FDP, wenn man sie fragte, würde antworten, dass der Kapitalismus sowieso gut sei und man einen guten Kapitalismus sich gar nicht erst wünschen müsse, weil dieser wie der Igel sagen könne: *Ick bün all hier.* Auch *Attac* und *Occupy* wollen eigentlich den guten Kapitalismus, selbst wenn sie sich radikaler gebärden.

Nur zwei Gruppen wollen den guten Kapitalismus nicht, also den Kapitalismus mit menschlichem Gesicht, weil sie das Wissen miteinander teilen, dass es ihn nicht geben kann. Das sind einerseits die außerparlamentarischen Linksradikalen und andererseits die Kapitalisten selbst, wobei letztere aber gern so tun, als wollten sie ihn. Solange man den Unternehmenszweck, also den maximalen Profit, *menschlich* erreichen kann: gern! (*Gern*, besser noch: *gerne!* ist das Lieblingswort des emsigen Arbeiters im *Dienstleistungssektor*, angefangen bei der Telefonzentrale. »Ich möchte Herrn Hannemann sprechen.« – »Gerne!!!«) In sanften Zeiten eignen sich für die Erzielung des maximalen Profits entsprechend sanfte ideologische Repräsentanten, also beispielsweise ein Kretschmann oder ein Kühn oder ein Özdemir, insgesamt die schwäbisch-grüne Variante des guten Geschäfts mit ökologischem Anstrich. Dem Kapital ist das auch durchaus sympathischer. Schließlich macht man sich nicht so gern die Hände schmutzig, schließlich tritt man nicht so gern brutal auf und landet am Ende noch unrasiert im Volksgefängnis. Aber wo Geld verdient wird, da fallen nicht nur Späne, da zieht man nicht nur manchen ihr Leben direkt unterm Hintern weg, sondern da gibt es zuweilen auch Tote. Wenn es sein muss, wenn es wieder einmal richtig hart auf hart kommt, dann wird man schon den Richtigen oder die Richtige finden. Maggie Thatcher kann es nicht mehr sein, aber ihr Beispiel bleibt ein Leuchtturm, denkt man an die leuchtenden Augen, mit denen mancher Nachruf auf sie geschrieben wurde.

Und wir Linksradikalen? Wir *wissen Bescheid*, aber das nützt uns nichts und denen, als deren Avantgarde und Stellvertreter wir uns zuweilen immer noch missverstehen, auch nicht. Denn, wie es in einem bekannten Lied heißt, *uns von dem Elend zu erlösen, können wir nur selber tun*, und wann sie es selber tun werden, »die Massen« (wie wir sie früher gern nannten, wohl wissend, dass wir nie zu ihnen gehören würden), das müssen sie dann eben auch selbst entscheiden. Niemand kann die Massen dazu zwingen, den Kapitalismus anzugreifen, ausgenommen der Kapitalismus selbst, in dem Augenblick nämlich (oder den vielen Augenblicken), in denen er wirklich nicht mehr funktioniert, in denen er kein ausreichendes System zur Reproduktion seiner Lehensmänner und Leibeigenen mehr ist. Was diesen Augenblick angeht, besteht durchaus Hoffnung, überall auf der Welt.

49

Einer Welt, die im Zuge der Globalisierung endgültig erkundet, vermessen, bekannt und geheimnislos erscheint. Bis in den letzten Winkel reicht das gleißende Licht der marktliberalen Aufklärung. Alles ist erleuchtet.

Davon abgesehen, dass diese Aufklärung, ihrer vorgeblichen Rationalität zum Trotz, enorm viel Wunderglauben und hochgradige Irrationalität enthält und eine weltgeschichtliche Heilslehre ist wie alle anderen geschlossenen Systeme, weshalb sie in der Praxis genauso schlecht funktioniert wie diese, scheint auch das Bild von der Entzauberung der Welt durchs Licht der Aufklärung nicht ganz zu stimmen. Darauf verweist nicht nur die steigende Konjunktur der Xenophobie. Gemeint ist hier sowohl die sozial motivierte Fremdenfeindlichkeit in den reichen Ländern, die griffige Formeln für beispielsweise Geert Wilders, Marine Le Pen, das Wildbad Kreuth und bis in die berühmte *Mitte der Gesellschaft* liefert, als auch der kulturell, religiös und rassistisch motivierte Fremdenhass, der ebenfalls längst in dieser ominösen Mitte angekommen ist.

Das lässt sich nicht so ohne Weiteres beiseite schieben durch Aufklärung oder durch »kulturelle Anverwandlung«, wie die schöne Formel für mancherlei Ethnokitsch heißt. Mit Straßenfesten oder einem Karneval der Kulturen ist es nicht getan, obwohl gegen beides nichts einzuwenden ist. Das Fremde selbst aber lässt sich nicht einfach aus der Welt schaffen, weil es schon bei der eigenen Person, beim eigenen Leib beginnt. Bernhard Waldenfels, der philosophisch am gründlichsten über das Fremde nachgedacht hat, weist darauf hin, »dass die Erfahrung *des* Fremden immer wieder auf unsere eigene Erfahrung zurückschlägt und in ein *Fremdwerden der Erfahrung* übergeht. Fremdheit ist selbstbezüglich, und sie ist ansteckend.«

Das habe ich am eigenen Leib auf meiner Frankreichreise 1992 erfahren, jener Reise, auf der ich Julien Gracq *nicht* begegnet bin. Diese Reise hatte einen spanischen Mittelteil, weil ich für ein paar Tage Freunde in Alicante besuchen wollte. Ich brach also an einem Augustmorgen in Bayonne auf, wo ich zwei Tage in einer kleinen Pension geblieben war und mir einbildete, auf den Spuren von Roland Barthes' Kindheit zu wandeln (*die Provinz als Schauspiel, Geschichte als Geruch, die Bourgeoisie als Redeweise*), während ich mich in Wahrheit den Großteil des Tages am Strand von Chambre d'Amour aufhielt, so heißt dieser Ortsteil von Anglet tatsächlich. In Bayonne selbst war es vor allem voll und laut, nichts von der eingeschlossenen Stadt, *romanhaft*, die Barthes beschrieben hat, sondern irgendein Fest wurde gefeiert. Ein Schild verkündete stolz, dies sei *die erste Stierkampfstadt Frankreichs.*

Jetzt also nach Süden, Richtung Saint-Jean-de-Luz, durch die Pyrenäen, wieder einer dieser unmerklichen Grenzübertritte, so unmerklich, dass ich mich an diesen gar nicht mehr erinnern kann. Hat man mich angehalten, wurde ich kontrolliert, wurde ich durchgewinkt, habe ich überhaupt irgendeinen uniformierten Vertreter der Staatsmacht gesehen, oder bin ich einfach über die grüne Grenze in das neue Land vorgedrungen? Ich weiß es nicht mehr. Grün war es anfangs wirklich noch, durch Wald beschattete Straßen, auf denen wenig Verkehr herrschte, ein warmer, aber noch frischer Vormittag im Hochsommer.

Langsam, schon rechts und links der Autobahn zwischen Pamplona und Zaragoza, ging das Grün zurück und wich einem verwaschenen Gelb, das in Richtung Weiß strebte, und ich befand mich auf einer Ebene in etwa dreihundert Meter Höhe. Irgendwann, irgendwo, dachte ich mir, werde ich mal anhalten und eine Kleinigkeit essen und etwas Kühles trinken. Es erschien mir aber so, als ob mit dem Farbwechsel von Grün zu Gelb zu fast Weiß zugleich eine Art Entvölkerung stattfand, ein Eindruck, der insofern nicht falsch war, als die Regionen Navarra und Aragon in der Tat zu den am dünnsten besiedelten Spaniens gehören. Die kleinen Ortschaften, die hier und da von der Autobahn aus zu sehen waren, wirkten auf mich wie verbotene Orte, in die ich besser nicht einfuhr. Auch konnte ich mir nicht wirklich vorstellen, dass es dort Wasser gab, was selbstverständlich Unsinn war, weil ich die ganze Zeit mehr oder weniger am Ebro entlangfuhr. Vor allem aber glaubte ich nicht, mich gegenüber den dort wohnenden Menschen verständlich machen zu können, nicht wegen meines rudimentären Spanisch – dass man etwas zu essen und zu trinken haben will, wird man in jeder Sprache deutlich machen können, die man nicht spricht –, sondern wegen der grundsätzlichen Fremdheit der Menschen, die, wie ich mir vorstellte, dort wohnten. (Ich war wohlgemerkt immer noch in Europa.) Je länger ich unterwegs war, desto mehr erfüllte mich also nicht der böse, aber der *befremdete* Blick, und es ist nicht verwunderlich, dass die Landschaft, die Orte befremdet zurückblickten und ich es mit den Menschen gar nicht erst versuchen wollte. Ich war jetzt nicht mehr Vermeers Geograf, der kühl, analytisch und dabei voller Eroberungslust die Welt in den Blick nimmt, sondern der desorientierte und etwas tölpelhafte Landvermesser K., der die Welt nicht versteht und niemals ins Schloss vordringen wird. *Es war spät abends, als K. ankam. Das Dorf lag in tiefem Schnee.*

Nein, es war ein glühender früher Augustnachmittag, als ich dann durch Zaragoza fuhr, durch das mich die Straße in kunstvollen Schleifen führte. In Zaragoza, einer Großstadt mit mehr als 600 000 Einwohnern, fühlte ich mich wie der einzige Darsteller auf einer riesigen leeren Bühne, und nur das weinrote Gehäuse meines Peugeot 205 schützte mich. Menschen sah ich nur wenige, die meisten verschanzten sich noch im Dunkel ihrer Häuser um diese Tageszeit, und die wenigen, die ich sah, standen in ihren

Hauseingängen und schienen mich argwöhnisch zu beobachten. Der befremdete Blick, von beiden Seiten, wurde stärker, und ich sehnte mich nach den Laubdächern der französischen Pyrenäen zurück, nach *la douce France* überhaupt.

Das alles war aber nur Vorschein. Die Fremde, gleichsam das Extraterrestrische (ich befand mich nach wie vor in Europa!), begann hinter Zaragoza, auf der Landstraße nach Alcañiz, in der Provinz Teruel. Zunächst kamen in kurzen Abständen noch zwei kleine Orte, dann, nach dem Knick nach Süden, regierten nur noch Kahlheit, vegetative Öde, Wind und vor allem der Staub, den der Wind unablässig aufwirbelte und der zuweilen die Sicht verdunkelte, das alles in größter Nachmittagshitze und blendendem Licht. Ich fuhr jetzt zweifellos durch die Wüste, die einzige Geländeform, die ich bis dahin noch nie kennengelernt hatte, eine Wüste, die nichts mit meiner Vorstellung von der Sahara zu tun hatte (kein Camus, kein Saint-Exupéry in Sicht), sondern eher mit nordamerikanischen Wüsten, wie sie in dieser Gestalt, in dieser Beleuchtung aber nicht in den alten amerikanischen Western auftauchten, sondern erst in den sechziger Jahren im Italowestern.

Begegnete ich anderen Autos auf dieser Strecke? Ich weiß es nicht mehr. Jetzt hätte ich irgendwo anhalten und aussteigen können, denn das wäre die Chance gewesen, in der Fremde endlich anzukommen. Das hätte jedoch nicht funktioniert, denn der kluge Waldenfels beschreibt das Fremde ganz richtig als *etwas, das nicht dingfest zu machen ist, das uns heimsucht.* Man kann da nicht einfach darauf zugehen, wir sind eben nicht beim multikulturellen Straßenfest. Das Fremde, das wirklich diesen Namen verdient, ist immer ein kleines Stück *aus der Welt.* Eben das ist die Erfahrung, die man mit ihm machen kann.

Hinter Alcañiz wurde es wieder freundlicher und auch weniger staubig. Dafür ging es deutlich in die Höhe und nur noch in Serpentinen vorwärts. Unwillkürlich begann ich gerade auf dieser schwieriger zu fahrenden Strecke eine Rallye, gab Gas. Ich war jetzt seit dem Vormittag gut fünf Stunden unterwegs und hatte nur einmal kurz angehalten, an einer Autobahnraststätte noch vor Zaragoza, einem dieser vertrauten Nicht-Orte ohne Schreckenspotenzial also, um ein Wasser zu trinken und ein sehr trockenes helles Brot mit Schinken darauf zu essen. Ich hatte gar nicht vorgehabt, an einem einzigen Tag zu meinen Freunden nach Alicante durchzufahren, aber nachdem ich die Wüste durchquert hatte, war ich fest entschlossen dazu. Der Verkehr nahm auf diesem Abschnitt wieder zu, in beide Richtungen, und ich überholte, wo immer ich konnte. Die Rallye ging über gut 120 Kilometer, und irgendwann begann die Schussfahrt zurück ins flache Land, ans Meer, nach Vinaròs, null Meter über dem Meeresspiegel, schon in der beginnenden Dämmerung, und weiter auf der Küstenstraße nach Süden. Ich fühlte mich dem Ziel nahe, das in Wahrheit noch immer vier Stunden entfernt lag. Langsam wich die Fremdheit, hier kannte ich mich aus, obwohl ich zum ersten Mal durch diese Region fuhr. Hier wurde ich auch mir selbst wieder vertrauter.

Auf halber Strecke hatte die Dunkelheit vollends gesiegt, doch ab und zu tauchten von bunten Lichtergirlanden erleuchtete Ortschaften links der Straße auf, auf der Meeresseite, andere direkt an der Straße gelegen, auf jeden Fall eine Gegend, die bevölkerter war als das staubige Land dort oben, das hinter mir lag. Links dann plötzlich, nicht weit vor Alicante, Benidorm, und das Vertraute kehrte schräg zurück als Folklore, in Form des Benidorm-Liedes der Bläck Fööss. *Nä, nä, Marie, ist dat he schön*, sang ich laut im Wagen, *övverall nur kölsche Tön!* Schließlich das Ziel, La Coveta, ein Vorort von Alicante, das Freundespaar, das mich eine Stunde vor Mitternacht beköstigt, die völlige Erschöpfung und am nächsten Morgen der Blick auf die hochsommerliche Bucht.

50

Zurück dorthin, wo alles angefangen hat, zurück zu dem, was einem so alles in die Kindheit scheinen kann.

Schlägt man in einem Atlas die Seite von Mitteleuropa auf und legt den Finger auf die Mitte von Deutschland im Jahr 1937, dann kann man ohne Weiteres bei der Kleinstadt Northeim im ehemaligen Königreich Hannover landen.

Das hat William Sheridan Allen geschrieben, 1983 in der zweiten und erweiterten Fassung seines Buches *The Nazi Seizure of Power. The Experience of A Single German Town 1922–1945*, das in den Vereinigten Staaten seit Jahrzehnten ein zeitgeschichtlicher Klassiker und beliebte Lektüre in *undergraduate courses* an den Universitäten ist. In der ersten Fassung heißt Northeim noch Thalburg, und die Namen der beschriebenen Akteure sind Pseudonyme. Diese erste Fassung ist sogar ins Deutsche übersetzt worden (und in viele andere Sprachen) und erschien 1966 bei Sigbert Mohn in Gütersloh unter dem euphemistischen Titel *Das haben wir nicht gewollt.* Man kann darin sehr detailliert nachlesen, was man in meiner Geburtsstadt alles nicht gewollt, gleichwohl aber zugelassen oder selbst getan hat. Man kann nachlesen, wie die Angst die Kleinbürger und auch die »Eliten« schon ab 1930 in die Arme der Braunen trieb und sie in hier besonders vorauseilendem Gehorsam den künftigen Führer wählen ließ, mit einem Stimmenanteil, der zehn Prozent über dem Reichsdurchschnitt lag. 1932 setzten dann schon 62,4 % ihre Hoffnungen auf ihn. Es war die Angst vor dem eigenen Absturz, der ihnen, wie die Zahlen von damals zeigen, trotz Weltwirtschaftskrise gar nicht bevorstand, und es war die Angst vor den »Roten«, den Eisenbahnern zumal, die in diesem Städtchen eine gewisse Rolle spielten, vielleicht auch noch vor den Arbeitern der Zuckerfabrik und der örtlichen Brauerei. Es war, man kann das heute gar nicht glauben, auch die Angst vor den Sozialdemokraten, die trotz all ihrer Biederkeit und staatstragenden Rolle bei den Northeimer »Eliten« und Kleinbürgern tatsächlich als revolutionäre Partei galten. Der örtliche Chef dieser revolutionären Partei führte ein Tabakwarengeschäft. Die KPD spielte in Northeim niemals eine Rolle.

Man kann bis ins Einzelne verfolgen, wie brutal gerade in dieser Stadt die Nazis gegen ihre politischen Gegner vorgingen, weil der Ortsgruppenleiter, eigentlich eine gescheiterte Existenz, dazu ein schwerer Trinker, seine neue Machtfülle zum Ausleben all seiner Ressentiments nutzte und bevorzugt ähnlich Gescheiterte um sich scharte. Er war in der Partei seit 1922, und *being a Nazi became his life work*, schreibt Allen: Politik als Beruf. Ab 1934 usurpierte er auch das Amt des Bürgermeisters. Nackte, keineswegs sublime Gewalt war in diesem Städtchen nach 1933 nichts Außergewöhnliches. Der Bürgermeister schlug auch schon mal selber zu.

Man kann bei Allen alles das nachlesen, was man eigentlich schon weiß, aber hier wird es konkret, weil Allen einer der ersten war, der *oral history* betrieben hat, zu einem Zeitpunkt, als es den Begriff noch gar nicht gab. In der zweiten Fassung, die bis dahin nicht bekannte Quellen erschloss, hat er überwiegend die Klarnamen benutzt, zum

Mein Vater, zweiarmig, wie ich ihn nie kannte

Beispiel den des von den Nazis vertriebenen Stadtinspektors Galland, der nach dem Krieg als einer der wenigen unbelasteten Fachleute von den Engländern als Stadtdirektor eingesetzt wurde. Der gehörte zu den Guten und war der unmittelbare Vorgesetzte meines Vaters, der dann als Stadtkämmerer in der hübschen kleinen Fachwerkstadt im Leinetal fungierte. Auf dieser Ebene der Stadtverwaltung gab es natürlich auch private Kontakte, es gab Einladungen und Gegeneinladungen. Die lärmende Fröhlichkeit, die diese privaten Feste im Kollegenkreis oft prägte und die mir in die Kindheit schien, war, so weiß ich heute, auch ein hörbares Aufatmen darüber, noch einmal davongekommen zu sein. Denn die da zusammensaßen, waren allesamt Täter oder Opfer gewesen, meistens Täter, und es feierte also jetzt unter der Sonne des Wirtschaftswunders der ehemalige SS-Mann mit dem damals von den Nazis vertriebenen heutigen Chef der Stadtverwaltung die Tatsache, dass es irgendwie weiterging nach dem *Zusammenbruch*. Ich kann mich nicht erinnern, als Kind das Wort *Befreiung* gehört zu haben. *Zusammenbruch* dagegen lernte ich früh. Es feierte auch der Leiter des Hauptamtes mit seinem neuen Chef, den als Stadtinspektor zu vertreiben er früher mitgeholfen hatte. Mein Vater war im Krieg gewesen und also Täter, wurde dann aber auch Opfer, weil er seinen rechten Arm verlor.

Dass da etwas sehr Schlimmes gewesen war, worüber die Meisten etwas wussten und worin viele verstrickt waren, worüber aber keiner so recht reden wollte, das war es, was mir in die Kindheit schien. Ich sah es auf Fotos meines am 20. April 1945 »gefallenen« Onkels als Soldat oder auf Fotos anderer Verwandter, alle mit diesem Hakenkreuz irgendwo, um den Arm, am Kragenaufschlag, an der Mütze. Zu Hause und bei meiner Großmutter gab es ganze Kisten und Kartons mit Fotos aus der großen Zeit, diese kleinen Formate mit dem weiß gezackten Rand, oft sehr körnig, zuweilen auch unscharf, manche schon vergilbend, als wollten sie sagen, *die Zeiten sind vorbei*, aber immer und überall tauchte irgendwo das Hakenkreuz auf, oft gleich mehrfach, manchmal nicht gleich sichtbar, so dass man ein solches Foto fast wie ein Suchspiel handhaben konnte. Der braune Nachhauch des Tausendjährigen Reiches war in meinen frühen Lebensjahren wirklich zu spüren, und sehr früh schon begriff ich instinktiv, dass es dieses Land eigentlich gar nicht mehr geben durfte und dass es nur von Gnaden anderer existierte.

William Sheridan Allen lehrte von 1970 bis 2001 Deutsche Geschichte an der *University of Buffalo, The State University of New York*. Am 14. März 2013, meinem 65. Geburtstag, ist er in Buffalo im Alter von 80 Jahren gestorben. Fast alles wirklich Wichtige, was ich über die letzten 15 Jahre vor meiner Geburt weiß, weiß ich von ihm.

51

Was ich nicht von ihm weiß, sondern von meiner Mutter, ist die folgende Geschichte. Selbst ganz am Ende gab es nicht viel Krieg in und um Northeim. 1944 wurde der Bahnhof zerbombt, der verkehrstechnisch eine wichtige Rolle spielte, ansonsten blieb die Stadt verschont. Die schönen Fachwerkhäuser in den engen und zuweilen auch finsteren Gassen standen weiterhin. Im April 1945 wurden einige Luftangriffe geflogen. In diesen Tagen hielt der Kreisleiter der Partei auf dem Marktplatz seine letzte Rede. Die Amerikaner standen schon unmittelbar vor der Stadt. Wer die Stadt ohne Erlaubnis verlässt, sagte der Kreisleiter, wird standrechtlich erschossen. Nach der Rede tauschte er seine Uniform gegen Zivil, verließ die Stadt und wurde erschossen, aber nicht standrechtlich, von seinen Volksgenossen, sondern vorsichtshalber, von den Amerikanern. Die wussten gar nicht, dass sie den Kreisleiter vor sich hatten. Er hatte sich in den Wäldern vor der Stadt versteckt gehalten, und als er aufgestöbert wurde, versuchte er zu fliehen. Die Amerikaner, die kein Risiko eingehen mochten in diesem Land, das ihnen noch so fremd war, schossen sofort. Einige Tage später marschierten sie in die Stadt ein, und das war dann das Ende oder ein Anfang, oder die Stunde Null.

Knapp drei Jahre später kam ich hier auf die Welt, und wieder einige Jahre danach, spätestens nachdem ich mein Dreirad geschenkt bekommen hatte, begann ich meine Arbeit im Gelände.

Januar 2011 – Januar 2014

Zum Nach- und Weiterlesen

Jürgen Becker: *Ränder.* Frankfurt/M. (Suhrkamp) 1968

Jürgen Becker: *Erzähl mir nichts vom Krieg.* Frankfurt/M. (Suhrkamp) 1977

Walter Benjamin: *Berliner Kindheit um Neunzehnhundert.* Frankfurt/M. (Suhrkamp) 1950

Karl-Heinz Bohrer: *Ein bißchen Lust am Untergang. Englische Ansichten.* München (Hanser) 1979

Emmanuel Bove: *Bécon-les-Bruyères.* Aus dem Französischen von Peter Handke. Frankfurt/M. (Suhrkamp) 1984

Philippe Claudel: *Das Geräusch der Schlüssel.* Aus dem Französischen von Rainer G. Schmidt. Berlin (Friedenauer Presse) 2010

Rainald Goetz: *Kontrolliert.* Frankfurt/M. (Suhrkamp) 1988

Julien Gracq: *Witterungen II.* Aus dem Französischen von Dieter Hornig. Graz (Droschl) 2005

Julien Gracq: *Gespräche.* Aus dem Französischen von Dieter Hornig. Graz (Droschl) 2007

Peter Handke: Langsame Heimkehr. Frankfurt/M. (Suhrkamp) 1987

Peter Handke: *Nachmittag eines Schriftstellers.* Frankfurt/M. (Suhrkamp) 1987

Peter Handke: *Abschied des Träumers vom Neunten Land.* Frankfurt/M. (Suhrkamp) 1991

Peter Handke: *Mein Jahr in der Niemandsbucht.* Frankfurt/M. (Suhrkamp) 1994

Peter Handke: *Eine winterliche Reise zu den Flüssen Donau, Save, Morawa und Drina.* Frankfurt/M. (Suhrkamp) 1996

Reinhard Kaiser: *Der Zaun am Ende der Welt.* Frankfurt/M. (Frankfurter Verlagsanstalt) 1989

Danilo Kiš: *Homo poeticus.* Aus dem Serbokroatischen von Barbara Antkowiak und Ilma Rakusa. München (Hanser) 1994

Danilo Kiš: *Anatomiestunde.* Aus dem Serbokroatischen von Katharina Wolf-Grießhaber. München (Hanser) 1998

Claudio Magris: *Wer steht auf der anderen Seite? Grenzbetrachtungen.* Aus dem Italienischen von Renate Lunzer. Salzburg/Wien (Residenz) 1993

Patrick Modiano: *Aus tiefstem Vergessen.* Aus dem Französischen von Elisabeth Edl. München (Hanser) 2000

Karl Schlögel: *Im Raume lesen wir die Zeit. Über Zivilisationsgeschichte und Geopolitik.* München (Hanser) 2003

Petri Tamminen: *Verstecke.* Aus dem Finnischen von Stefan Moster. Frankfurt/M. (Suhrkamp) 2005

Fotonachweis

S. 11, 44, 94, 97: Sabine Schimmang; S. 15, 18: Wikimedia Commons; S. 63, 151: Archiv Jochen Schimmang; S. 76, 81: Keith Pattison; S. 89: Benjamin Smith; S. 111: Franklin Jarrier.

Aus unserem Verlagsprogramm

Jochen Schimmang
DAS BESTE, WAS WIR HATTEN / Roman
Originalausgabe / Gebunden / 320 Seiten / ISBN 978-3-89401-598-5
»Wie die unbehausten Glückssucher seiner Bücher in der Liebe, im Leben und an der Politik scheitern – das ist bei dem Erzähler Jochen Schimmang immer auch eine Geschichte unserer Mentalitäten, Sehnsüchte und Irrtümer.« Holger Schlodder, *NDR Kultur*

Jochen Schimmang
NEUE MITTE / Roman
Originalausgabe / Gebunden / 256 Seiten / ISBN 978-3-89401-741-5
»Schimmang setzt der Realität seines Bonn-Romans die schwarze Utopie eines Zukunfts-Berlins entgegen – und trifft damit erstaunlich oft unsere Gegenwart.« *buchjournal*
»Dieser Autor ist der Meister einer Beiläufigkeit, hinter der sich die wahren Dramen verstecken.« Andreas Platthaus, *FAZ*

Jochen Schimmang
DER SCHÖNE VOGEL PHÖNIX / Roman
Neuauflage mit einem Nachwort von Helmut Lethen
Broschur / 352 Seiten / ISBN 978-3-89401-780-4
Davon träumt der junge Murnau Ende der 60er Jahre in Berlin: unverzichtbar zu sein in dieser Zeit. *Der schöne Vogel Phönix*, Schimmangs literarisches Debüt von 1979, ist ein Roman, der das Leben seines jungen Helden Murnau im Alter von fünfzehn bis dreißig Jahren erzählt, eine sehr individuelle Geschichte, die gleichzeitig eine extrem kollektive ist.

Abbas Khider
BRIEF IN DIE AUBERGINENREPUBLIK / Roman
Originalausgabe / Gebunden / 160 Seiten / ISBN 978-3-89401-770-5
Der Roman erzählt die Reise eines Liebesbriefs von Bengasi nach Bagdad. Ein illegales Netzwerk von Taxichauffeuren, Lastwagenfahrern und Reisebüros befördert heimlich Briefe von Exilanten und Verfolgten. Doch Saddams Geheimdienst weiß längst von diesem Netz und fängt die Sendungen ab. Abbas Khider skizziert in seinem dritten Roman die arabische Welt am Ende des 20. Jahrhunderts.

www.edition-nautilus.de